HOT BUBBLES

AF190455

HOT BUBBLES

IMPRESSUM

Autor: Yusuf M. Çavak

Adresse: D-79353 Bahlingen

www.cavak.com

Verlag: BoD · Books on Demand GmbH,
Überseering 33, 22297 Hamburg, bod@bod.de

Druck: Libri Plureos GmbH, Friedensallee 273,
22763 Hamburg

ISBN: 978-3-7693-0049-9

Copyright: © 2025 Yusuf M. Çavak

Cover Bild: KI-generiert mit Flux-1

Money Bubble: "vicznutz by Pixabay"

Bibliografische Information:
Die Deutsche Nationalbibliothek verzeichnet diese Publikation in
der Deutschen Nationalbibliografie; detaillierte bibliografische
Daten sind im Internet über dnb.dnb.de abrufbar.

MIX
Papier aus verantwortungsvollen Quellen
Paper from responsible sources
FSC
www.fsc.org
FSC® C105338

Hot Bubbles

Die verborgene Macht der Lügen

Yusuf M. Çavak

Inhalt

VORWORT

Willkommen in der Realität

Dies ist kein Buch für Zartbesaitete.

„Hot Bubbles" ist kein höfliches Nicken zu den Absurditäten unserer Zeit. Es ist ein Schlag in die Magengrube der Realität, eine brennend heiße Dusche aus Wahrheit, Zynismus und der Frage, die sich jeder stellen sollte:
Wer zieht hier eigentlich die Fäden?

Wir leben in einer Welt, in der Konzerne mächtiger sind als Staaten, Milliardäre sich benehmen wie Könige und die Politik oft nur noch als Schauspielbühne dient.

Korruption ist keine Ausnahme, sondern System. Steuerskandale, Wirtschaftsbetrug, politische Intrigen – alles läuft nach den gleichen alten Regeln, nur mit neuen Namen und teureren Anzügen.

Und während oben gelogen, betrogen und manipuliert wird, bekommen wir unten ein paar nette Ablenkungen serviert: Social Media, Reality-TV, Rabattcodes und den neuesten Trend auf TikTok.

Brot und Spiele für das digitale Zeitalter – nur dass wir uns dieses Mal selbst bespaßen und auch noch begeistert applaudieren.

Dieses Buch kratzt an der Fassade.
Es stellt unbequeme Fragen, bohrt nach, zeigt auf, lacht über das Offensichtliche und hält den Finger genau dahin, wo es wehtut.

Weil es weh tun muss.

Denn wer die Welt verstehen will, muss bereit sein, hinter die Kulissen zu blicken – auch wenn ihm nicht gefällt, was er dort sieht.

Milliarden fließen in Stahl, Sprengstoff und Drohnen.

Die USA und Europa rüsten auf wie seit dem Kalten Krieg nicht mehr. Während Politiker von Sicherheit reden, klingeln die Kassen der Rüstungskonzerne.

Erst war es ein Wettrüsten. Jetzt ist es ein Goldrausch.

Die Waffenindustrie feiert das Geschäft ihres Lebens – bezahlt mit Steuergeld, verschleiert mit Angst, befeuert von Konflikten.

Tauche ein in die „**Hot Bubbles**" – aber verliere dabei nicht den Boden unter den Füßen!

Yusuf M. Çavak

HOT BUBBLES

Heiße Blasen, die aufsteigen und platzen, genau wie Lügen, die sich erst ausbreiten und dann entlarvt werden.

„Niemand hat die Absicht, eine Mauer zu errichten."
Walter Ulbricht, DDR-Staatschef, 15. Juni 1961

Natürlich nicht. trotzdem stand sie weniger als zwei Monate später – 155 Kilometer Beton, Stacheldraht und Schießbefehl inklusive.

Lügen in der Politik sind nichts Neues. Sie sind so alt wie die Politik selbst. Sie sind sogar notwendig, denn ohne sie wäre das System, so wie wir es kennen, gar nicht funktionsfähig.

Alle vier bis fünf Jahre wird irgendwo auf der Welt eine neue Regierung gewählt. Ein demokratisches Ritual, das Hoffnung wecken sollte – und doch werden in diesen Zeiten mehr Heißluftblasen produziert als jemals zuvor. Trotz Klimawandel scheint das politische Treibhaus unerschöpflich.

Ein Wechselspiel der Versprechen, die meist genauso schnell gebrochen werden, wie sie gemacht wurden. Doch trotz unzähliger gebrochener Zusagen, dreister Manipulationen und offensichtlicher Lügen bleibt eine Frage bestehen:

Warum fallen wir immer wieder darauf herein?

Die moderne Politik gleicht einer gigantischen Nebelmaschine: Je mehr heiße Luft in die öffentliche Debatte gepumpt wird, desto weniger bleibt von der Wahrheit übrig. Je weniger Wahrheit, desto geringer die Zahl der Fakten.

Dabei sollten Politiker – die für ihre Arbeit am Staat nicht gerade schlecht bezahlt werden – eigentlich das Wohl der Bürger im Blick haben.

Doch in der Realität sieht es anders aus. Die eigene Karriere kommt zuerst, dann die Partei, und erst ganz zum Schluss die Menschen, die diese Parteien überhaupt an die Macht gebracht haben.

Aber warum lassen sich so viele Menschen von offensichtlichen Lügen und gebrochenen Versprechen täuschen?

Warum werden diejenigen, die an den lautesten Unwahrheiten verbreiten, oft am meisten gefeiert?

Die Antwort ist eigentlich simpel und liegt nicht nur in der Natur der Politik, sondern auch in den Methoden der Manipulation.

Weil Lügen besser klingen als die Wahrheit. Sie sind aufregender, bequemer und einfacher zu verdauen.

Die Wahrheit ist oft kompliziert, unbequem und vor allem langweilig.

Ein Politiker, der sagt: „Die Lage ist komplex, einfache Lösungen gibt es nicht. Wir müssen Kompromisse eingehen und gemeinsam an nachhaltigen Antworten arbeiten", wird selten so viel Applaus ernten wie jemand, der ruft: „Ich kenne die Lösung, ich weiß, wer schuld ist, und ich werde das Problem sofort beseitigen!"

Der erste klingt vernünftig, abwägend – aber auch unbequem. Der zweite verspricht Klarheit, Schuldzuweisungen und schnelle Ergebnisse. Und in einer Zeit, in der viele sich nach Sicherheit und einfachen Erklärungen sehnen, gewinnt oft nicht der Besonnene, sondern der Lauteste.

Barack Obama sagte 2009: „Die Lösungen für unsere größten Herausforderungen werden nicht einfach sein und nicht über Nacht kommen."

Donald Trump hingegen versprach: „Ich allein kann es richten." Der eine appellierte an Geduld und Zusammenarbeit, der andere an den Wunsch nach einer starken Hand, die sofort handelt.

Und das Publikum? Es jubelt oft lieber demjenigen zu, der einfache Antworten liefert – selbst, wenn sie nicht wahr sind.

FEUERWEHRSCHLAUCH-TAKTIK

Das Zeitalter der permanenten Lüge

Eine der erfolgreichsten Strategien moderner politischer Kommunikation ist die sogenannte "Firehose of Falsehood" – die "Feuerwehrschlauch-Taktik der Lügen".

Dabei geht es nicht darum, die beste Argumentation zu liefern oder gar die Wahrheit zu verteidigen. Vielmehr wird das Publikum mit einer Flut an Falschinformationen überschwemmt, so schnell und in so großer Menge, dass es kaum noch möglich ist, zwischen Wahrheit und Lüge zu unterscheiden.

Diese Methode wurde besonders durch die Trump-Administration bekannt. Kellyanne Conway, eine enge Beraterin des ehemaligen US-Präsidenten, prägte den inzwischen legendären Begriff „alternative Fakten".

Das geschah 2017, als sie in einem Interview den Versuch verteidigte, nachweislich falsche Informationen als Wahrheiten darzustellen.
Doch Trump war nicht der Erste, der sich dieser Taktik bediente – und er wird nicht der Letzte sein.

Die „Firehose of Falsehood" – eine Propagandastrategie, die auf die massenhafte Verbreitung widersprüchlicher, manipulativer oder schlicht falscher Informationen setzt.

Es wurde von der russischen Regierung unter Wladimir Putin perfektioniert und gezielt in geopolitischen Konflikten eingesetzt.

Ein prägnantes Beispiel war die Annexion der Krim 2014. Während russische Soldaten ohne Hoheitsabzeichen die Halbinsel besetzten, verbreiteten staatliche Medien unablässig widersprüchliche Narrative: Mal hieß es, die Truppen seien „lokale Selbstverteidigungskräfte", dann wieder, sie hätten gar nichts mit Russland zu tun.

Gleichzeitig wurden pro-westliche Demonstranten in der Ukraine als „Faschisten" diffamiert, um Russlands Eingreifen als notwendigen Schutz russischsprachiger Bürger zu rechtfertigen.

Auch im Ukraine-Krieg ab 2022 kam diese Taktik massiv zum Einsatz. Russische Medien und staatlich gesteuerte Social-Media-Kanäle überschütteten die Öffentlichkeit mit einer Flut von Desinformationen: Die Ukraine sei von Nazis regiert, die Angriffe auf ukrainische Städte seien inszeniert, und Russland führe keinen Krieg, sondern eine „Spezialoperation zur Entnazifizierung".

Während westliche Medien mühsam um faktenbasierte Berichterstattung rangen, setzte Russland auf schiere Masse – mit dem Ziel, Zweifel zu säen, Gegner zu verunsichern und die eigene Bevölkerung hinter der Regierung zu vereinen.

Ein weiteres Beispiel ist die gezielte Einflussnahme auf die US-Wahlen 2016. Russische Akteure verbreiteten über soziale Medien gezielt Falschinformationen, um politische Spannungen zu verstärken, Vertrauen in demokratische Institutionen zu untergraben und Donald Trump zu begünstigen.

Dabei wurden sowohl konservative als auch linke Gruppen mit maßgeschneiderten Botschaften angesprochen – nicht mit dem Ziel, eine einheitliche Erzählung durchzusetzen, sondern Chaos zu stiften.

Die „Firehose of Falsehood" funktioniert, weil sie nicht auf Glaubwürdigkeit setzt, sondern auf Wiederholung und schiere Informationsflut.

Wer mit Falschinformationen konfrontiert wird, mag sie zunächst hinterfragen – aber wenn sie aus dutzenden Quellen immer wieder auftauchen, bleiben sie im Bewusstsein haften. In einer Zeit, in der Social Media als Hauptinformationsquelle dient, ist diese Strategie besonders wirkungsvoll.

Das Ziel ist immer das gleiche: die Menschen so sehr mit widersprüchlichen oder falschen Informationen zu bombardieren, dass sie irgendwann einfach resignieren. Wer kann sich schon noch sicher sein, was wahr ist, wenn jede Quelle etwas anderes behauptet?

POLITISCHE MANIPULATION

Ein Spiel, so alt wie die Menschheit.

Doch die Kunst der Täuschung ist keine Erfindung der modernen Politik. Schon vor Jahrhunderten verstanden es Herrscher, Wahrheiten nach Belieben zu formen und die öffentliche Meinung zu steuern. Die Medici in Florenz, die Sultane des Osmanischen Reiches, die katholische Kirche – sie alle wussten, dass Information Macht bedeutet.

Ein besonders perfides Beispiel ist die Beichte. Was für die Gläubigen ein heiliger Akt der Buße war, wurde für die Kirche zum besten Informationssystem der Welt.
Wer die Sünden seiner Schäfchen kennt, kennt ihre Schwächen – und wer die Schwächen kennt, kann sie kontrollieren.

Die Hexenjäger von damals sind moderner geworden. Die Methoden haben sich gewandelt, doch die Prinzipien sind geblieben. Früher waren es Prediger, die von der Kanzel herab verkündeten, was wahr und was falsch, was heilig und was ketzerisch sei.

Heute übernehmen diese Rolle Algorithmen, Trends und virale Schlagzeilen. Es ist nicht mehr die Kirche, die bestimmt, woran die Menschen glauben – es sind die sozialen Medien.

Und die Menschen?

Sie haben sich kaum verändert. Sie folgen dem, was laut ist, was Empörung weckt, was ihre Ängste oder Sehnsüchte bestätigt.

Sie klicken, teilen, verurteilen – oft ohne zu hinterfragen, ob die Information, die sie in einem 30-sekündigen Videoclip gesehen haben, tatsächlich der Wahrheit entspricht.

Der digitale Scheiterhaufen brennt lichterloh, und die Jagd auf Abweichler ist nur einen Tweet entfernt.

Doch was bedeutet das?

Ist all das nur eine Blase aus heißer Luft – ein Phänomen, das vergeht, sobald der nächste Trend kommt? Oder sind wir längst in einer neuen Realität angekommen, in der Wahrheit nicht mehr das ist, was ist, sondern das, was am meisten geklickt wird?

Eine Welt, in der Fakten gegen Narrative antreten – und allzu oft verlieren.

KRIEGSGRÜNDE UND ANDERE MÄRCHEN

„Die Wahrheit ist, dass Saddam Hussein weiterhin versucht, große Mengen Uran aus Afrika zu kaufen."– George W. Bush, Rede zur Lage der Nation, 28. Januar 2003

2003 marschierten die USA in den Irak ein – offiziell, um Massenvernichtungswaffen zu zerstören.

Das Problem?

Es gab keine. Keine Waffen, kein Uran, nichts. Nur eine Lüge, so oft wiederholt, bis sie für manche zur Wahrheit wurde.

Der russische Präsident Wladimir Putin soll später gesagt haben: *„Wir hätten welche gefunden."*

Ironisch, nicht wahr?

Der Irakkrieg kostete Hunderttausende Menschen das Leben, destabilisierte eine ganze Region und stärkte Extremisten.

Der Irakkrieg hatte dazu noch verheerende Folgen, die weit über die Grenzen des Landes hinausreichten.

Hunderttausende Menschen verloren ihr Leben, Millionen wurden vertrieben, und eine der instabilsten Regionen der Welt geriet noch tiefer ins Chaos.

Doch die Auswirkungen gingen weit über den Irak hinaus – sie schufen die Voraussetzungen für neue Konflikte, Bürgerkriege und den Aufstieg des „Islamischen Staates" (IS).

Nach der US-geführten Invasion 2003 stürzte das Regime von Saddam Hussein, doch mit ihm zerfiel auch der irakische Staat.

Die von den USA eingesetzte Übergangsregierung löste die irakische Armee auf, entließ Hunderttausende Soldaten und Beamte – viele davon Sunniten, die sich plötzlich von der neuen, schiitisch dominierten Regierung ausgeschlossen fühlten.

In diesem Machtvakuum wuchs der Widerstand: Erst gegen die amerikanischen Truppen, dann zwischen sunnitischen und schiitischen Milizen. Der Irak versank in sektiererischer Gewalt, mit blutigen Anschlägen und Massakern auf beiden Seiten.

Einer der berüchtigtsten Anführer dieses Aufstands war Abu Musab al-Zarqawi, der 2004 Al-Qaida im Irak (AQI) gründete – eine Organisation, die sich später zum „Islamischen Staat" (IS) entwickeln sollte. Die brutalen Taktiken von AQI – öffentliche Enthauptungen, Massaker an Schiiten und Selbstmordattentate – waren ein Vorgeschmack auf das, was noch kommen sollte.

Selbst Osama bin Laden distanzierte sich zeitweise von Zarqawis exzessiver Gewalt.

Doch nach dem Rückzug der US-Truppen 2011 gewann die Gruppe erneut an Stärke.

Parallel dazu eskalierte ab 2011 der syrische Bürgerkrieg. Die geschwächte irakische Armee konnte die Kontrolle über die Grenze nicht halten, und der IS nutzte das Chaos in Syrien, um dort Fuß zu fassen. In den Wirren des Krieges eroberte die Terrormiliz weite Gebiete sowohl in Syrien als auch im Irak – darunter Städte wie Mossul, Falludscha und Rakka.

Ihr selbsternanntes „Kalifat" zog Tausende ausländische Kämpfer an, verbreitete Angst und Terror und richtete Massaker an religiösen Minderheiten wie den Jesiden an.

Auch nach dem militärischen Sieg über den IS 2019 blieb die Region hochgradig instabil. Im Irak kämpfen bis heute verschiedene Milizen um Macht und Einfluss, während in Syrien mehrere Fraktionen – darunter das Assad-Regime, kurdische Gruppen und türkische Streitkräfte – um die Kontrolle streiten.

Der Krieg gegen den IS hat zudem Länder wie die USA, Russland, die Türkei und den Iran in die Konflikte der Region verwickelt und neue geopolitische Spannungen geschaffen.

Was mit dem Ziel begann, Saddam Hussein zu stürzen und den Irak zu „befreien", endete in einem Strudel aus Gewalt, Terror und endlosen Kriegen.

Der Irakkrieg war nicht nur eine militärische Intervention – er war der Anfang einer Kette von Ereignissen, die die Region bis heute nicht zur Ruhe kommen lassen.

Aber für die Kriegsbefürworter war es ein voller Erfolg: Milliardenprofite für die Rüstungsindustrie, politische Machtspiele, Öl-Interessen – alles gedeckt von einer schönen, einfachen Lüge.

Leider ist das kein Einzelfall in der Geschichte. Auch Adolf Hitler nutzte gezielte Täuschung, um seinen Angriffskrieg zu rechtfertigen.

Am 31. August 1939 behauptete er, polnische Truppen hätten Deutschland attackiert – ein Vorwand, den er nutzte, um nur einen Tag später den Zweiten Weltkrieg zu beginnen.

Doch dieser angebliche polnische Angriff war nichts weiter als eine perfekt inszenierte False-Flag-Operation, bekannt als der „Überfall auf den Sender Gleiwitz".

Um der Welt einen polnischen Angriff vorzugaukeln, ließ die SS unter der Leitung von Reinhard Heydrich eine Kommandoeinheit in polnischen Uniformen eine deutsche Radiostation in Gleiwitz (heute Gliwice, Polen) überfallen.

Die Angreifer sendeten eine kurze, auf Polnisch gesprochene Botschaft, in der sie verkündeten, dass der Angriff auf Deutschland begonnen habe.

Um die Täuschung glaubwürdiger zu machen, wurden mehrere bereits zuvor ermordete Häftlinge in polnischen Uniformen am Tatort platziert – darunter der deutsche Bauer Franz Honiok, der als vermeintlicher polnischer Saboteur dargestellt wurde.

Dieser inszenierte Überfall war nur eine von mehreren Provokationen, die die Nationalsozialisten orchestrierten, um der Welt einen Vorwand für ihren Angriff auf Polen zu präsentieren.

Bereits am nächsten Morgen, am 1. September 1939, verkündete Hitler im Reichstag:

„Seit 5:45 Uhr wird jetzt zurückgeschossen!"

Mit dieser Lüge begann der Zweite Weltkrieg.

Trotz der offensichtlichen Manipulation war die NS-Propaganda so wirkungsvoll, dass sie einen erheblichen Teil der deutschen Bevölkerung von der Notwendigkeit des Krieges überzeugte.

Die internationalen Reaktionen folgten dennoch rasch: Am 3. September erklärten Großbritannien und Frankreich Deutschland den Krieg.

Die „Gleiwitz-Operation" bleibt eines der bekanntesten Beispiele für eine False-Flag-Aktion – eine Strategie, die auch in späteren Konflikten immer wieder zum Einsatz kam, um Angriffskriege zu legitimieren.

Lyndon B. Johnson erfand 1964 einen Angriff auf US-Schiffe im Golf von Tonkin, um in Vietnam einzumarschieren.

1964 nutzte die US-Regierung unter Präsident Lyndon B. Johnson einen angeblichen Angriff auf amerikanische Kriegsschiffe im Golf von Tonkin als Vorwand, um den Vietnamkrieg massiv auszuweiten.

Doch dieser Vorfall war nicht nur übertrieben dargestellt, sondern teilweise frei erfunden – ein klassisches Beispiel für eine inszenierte oder manipulierte Kriegsbegründung.

Am 2. August 1964 kam es tatsächlich zu einem Zusammenstoß zwischen dem US-Zerstörer *USS Maddox* und nordvietnamesischen Patrouillenbooten.

Die *Maddox* war in nordvietnamesischen Gewässern unterwegs, offiziell zur Aufklärung.

In Wahrheit jedoch, um südvietnamesische Kommandoeinsätze gegen Nordvietnam zu unterstützen.

Nordvietnamesische Boote griffen das Schiff an, das Feuergefecht endete mit Schäden an den vietnamesischen Booten, aber ohne größere Verluste auf US-Seite.

Der entscheidende Vorfall ereignete sich jedoch zwei Tage später, am 4. August 1964.

An diesem Tag berichteten die Besatzungen der *USS Maddox* und der *USS Turner Joy*, dass sie erneut von nordvietnamesischen Schiffen angegriffen worden seien.

Spätere Untersuchungen ergaben jedoch, dass es keinen tatsächlichen Angriff gab – die Radarsignale, die als Beweis dienten, waren vermutlich Fehlinterpretationen von Wetterphänomenen oder Phantomkontakten.

Trotz dieser Unsicherheiten stellte die US-Regierung die Ereignisse so dar, als wäre Nordvietnam eine unmittelbare Bedrohung für die USA.

Präsident Johnson trat noch am selben Abend vor die Nation und erklärte, die USA seien Opfer „offener Aggression" geworden.

Wenige Tage später verabschiedete der US-Kongress die „Golf-von-Tonkin-Resolution".

Die dem Präsidenten Johnson weitreichende Vollmachten gab, militärische Operationen in Vietnam auszuweiten – ohne eine formelle Kriegserklärung.

Diese Resolution war der Wendepunkt: Sie diente als rechtliche Grundlage für den massiven US-Eintritt in den Vietnamkrieg. In den folgenden Jahren eskalierte der Konflikt dramatisch.

Hunderttausende amerikanische Soldaten wurden entsandt, unzählige vietnamesische Zivilisten getötet, und der Krieg zog sich über ein Jahrzehnt hin.

Erst später, durch freigegebene Dokumente und Aussagen von Militärangehörigen, wurde deutlich, dass der Vorfall vom 4. August 1964 nie wirklich stattgefunden hatte.

Dennoch war er der Auslöser für einen Krieg, der Millionen von Menschenleben kostete.

Der Golf-von-Tonkin-Zwischenfall bleibt eines der bekanntesten Beispiele für eine manipulierte Kriegsbegründung – eine Strategie, die auch in späteren Konflikten immer wieder Anwendung fand.

Immer wieder wird Krieg mit erfundenen Bedrohungen gerechtfertigt, und die Öffentlichkeit schluckt es – bis Jahre später die Wahrheit ans Licht kommt.

Doch dann ist es längst zu spät.

So erging es auch Afghanistan.

Der Krieg in Afghanistan ist eine Geschichte von zwei großen militärischen Interventionen.

Erst durch die Sowjetunion (1979–1989) und später durch die USA (2001–2021).

Beide Supermächte versuchten, Afghanistan nach ihren Vorstellungen zu gestalten, beide scheiterten, und beide hinterließen ein Land in Trümmern.

Die sowjetische Invasion (1979–1989) war ein zehnjähriges Fiasko

Die UdSSR marschierte am 24. Dezember 1979 in Afghanistan ein. Offiziell behauptete Moskau, es folge einem Hilferuf der afghanischen Regierung um die kommunistische Regierung zu stützen, die von islamistischen Aufständischen, den sogenannten Mudschaheddin, bekämpft wurde.

Doch in Wahrheit hatte die Sowjetunion strategische und geopolitische Motive. So waren die wahren Hintergründe und Gründe völlig anders: Sicherung des kommunistischen Regimes in Kabul war das Ziel.

1978 übernahm die Demokratische Volkspartei Afghanistans (DVPA) mit sowjetischer Unterstützung die Macht. Doch die kommunistische Regierung war instabil und unpopulär.

Islamistische und tribale Gruppen rebellierten gegen die sozialistischen Reformen (z. B. Landumverteilung, Frauenrechte, Schulbildung für Mädchen).

Der afghanische Präsident Nur Muhammad Taraki wurde 1979 von seinem Parteikollegen Hafizullah Amin ermordet, der versuchte, unabhängiger von Moskau zu regieren.

Die Sowjets trauten ihm nicht und wollten ihn beseitigen.

Natürlich war die Vermeidung eines pro-westlichen Regimewechsels einer der Hauptgründe.

Die UdSSR befürchtete, dass Afghanistan unter Amin näher an die USA oder China rücken könnte. Inmitten des Kalten Krieges wollte Moskau um jeden Preis verhindern, dass ein westlich orientiertes Regime an seine Südgrenze gelangte.

Dazu wollte man Geopolitische Kontrolle über Zentralasien behalten.

Afghanistan grenzte an die sowjetischen Republiken Tadschikistan, Usbekistan und Turkmenistan. Die Sowjets fürchteten, dass islamistische Bewegungen von Afghanistan auf ihre muslimischen Gebiete übergreifen könnten.

Der „Sowjetische Vietnamkrieg" begann, nach der Ermordung von Hafizullah Amin.

Die sowjetischen Spezialeinheiten setzten die Sowjets Babrak Karmal als neuen Präsidenten ein. Doch die erhoffte Stabilisierung blieb aus.

Die islamistischen Mudschaheddin leisteten erbitterten Widerstand und wurden von den USA, Pakistan, China und Saudi-Arabien mit Waffen und Geld unterstützt.

Doch was als begrenzte Militäraktion begann, entwickelte sich schnell zu einem langwierigen und verlustreichen Guerillakrieg.

Die Sowjets versuchten, mit brutaler Gewalt die Kontrolle zu behalten. Städte wurden bombardiert, Dörfer niedergebrannt, Millionen Afghanen flohen nach Pakistan und in den Iran.

Die USA versorgten die afghanischen Kämpfer im Rahmen der „Operation Cyclone" mit Waffen, darunter die berüchtigten „Stinger-Raketen", die sowjetischen Hubschrauber zerstören konnten.

Pakistan diente als logistisches Drehkreuz, während Saudi-Arabien Geld und islamistische Kämpfer schickte.

Einer der bekanntesten ausländischen Kämpfer in diesem Krieg war Osama bin Laden, der später die Terrorgruppe Al-Qaida gründete.

1989 zog sich die Sowjetunion, wirtschaftlich erschöpft und militärisch gescheitert, aus Afghanistan zurück.

Der Krieg hatte über 1 Million Afghanen und mehr als 15.000 sowjetische Soldaten das Leben gekostet.

Doch das Chaos in Afghanistan ging weiter: Die Mudschaheddin stürzten die kommunistische Regierung 1992, doch dann kämpften sie untereinander um die Macht – ein blutiger Bürgerkrieg begann.

Ob das Land nicht genug gelitten hätte begann die US-Invasion (2001–2021) – Vom Krieg gegen den Terror zum Scheitern der Nation-Building-Politik

Nach den Terroranschlägen vom 11. September 2001 griffen die USA Afghanistan an, um die Taliban zu stürzen, die Osama bin Laden und Al-Qaida Schutz gewährten.

Die „Mission" – großspurig als „Krieg gegen den Terror" verkauft – entpuppte sich schnell als teures Fiasko: ein gescheiterter Versuch, Afghanistan zu befrieden und Demokratie zu importieren. Die US-Invasion (2001–2021) startete mit großem Getöse, doch am Ende blieb wenig außer Trümmern und Chaos. Am 7. Oktober 2001 eröffneten die USA das Feuer auf Afghanistan – offiziell als Vergeltung für den 11. September, der fast 3.000 Menschen das Leben kostete.

Die Operation „Enduring Freedom"?

Ein Name, der mit jedem weiteren Jahr ironischer klang.

Hintergründe und Gründe dafür waren die Zerschlagung von Al-Qaida

Die Terrororganisation Al-Qaida, angeführt von Osama bin Laden, hatte die 9/11-Anschläge geplant und durchgeführt. Sie operierte aus Afghanistan unter dem Schutz der Taliban-Regierung.

Die USA forderten, dass die Taliban bin Laden ausliefern. Als diese sich weigerten, begann die Invasion.

Die USA und ihre Verbündeten setzten modernste Waffen ein, besiegten die Taliban schnell und installierten eine pro-westliche Regierung.

Doch wie einst die Sowjets unterschätzten sie die Widerstandskraft der afghanischen Kämpfer.

Die Taliban, die sich nach Pakistan zurückgezogen hatten, formierten sich neu.

Sie begannen einen langjährigen Guerillakrieg gegen die Besatzungstruppen und die afghanische Regierung.

Die Korruption innerhalb der neuen afghanischen Regierung, die Abhängigkeit von westlicher Hilfe und die Unfähigkeit, eine funktionierende Armee aufzubauen, führten dazu, dass die Taliban immer stärker wurden.

Währenddessen sank die Unterstützung für den Krieg in den USA, da die Kosten explodierten (über 2 Billionen Dollar) und zehntausende Soldaten verletzt oder getötet wurden.

Schließlich beschlossen die USA unter Präsident Joe Biden, sich nach 20 Jahren endgültig zurückzuziehen. Im August 2021, kaum hatten die letzten US-Truppen das Land verlassen, übernahmen die Taliban in einem atemberaubenden Vormarsch wieder die Macht – ein symbolischer Moment, der das Scheitern einer zwei Jahrzehnte langen Intervention verdeutlichte.

Parallelen zwischen den beiden Kriegen ohne Bubble sieht verheerend aus. Beide Supermächte unterschätzten den Widerstand: Sowohl die Sowjets als auch die Amerikaner gingen davon aus, dass sie Afghanistan militärisch und politisch unter Kontrolle bringen könnten – und beide scheiterten an der Realität eines langwierigen Guerillakriegs.

Die Worte des deutschen Außenministers Peter Struck hallten am 11. März 2004 durch das Parlament – und prägten sich tief ins Bewusstsein der Nation ein. **„Unsere Freiheit wird am Hindukusch verteidigt"**, erklärte er mit fester Stimme.

Eine Aussage von entwaffnender Simplizität – oder bodenloser Dummheit.

Denn hinter dieser vermeintlich klaren Parole verbarg sich eine Scheinwelt, eine gefährliche Illusion, die nichts mit der chaotischen Realität des Krieges zu tun hatte.

Die Menschen, die an die Worte ihrer Führer glaubten, sahen in ihnen eine einfache Wahrheit, eine Rechtfertigung für den Einsatz ihrer Söhne und Töchter in einem fernen Land.

Doch die Realität war weit weniger klar. Die Gründe für den Einsatz waren vielfältig und oft undurchsichtig, und die Verbindung zur Verteidigung der nationalen Freiheit war bestenfalls indirekt.

In ihrer Naivität vertrauten die Menschen den Worten der Politiker, ohne die tieferen Zusammenhänge zu hinterfragen."

Alle Beteiligten an diesen Krieg hinterließen ein Machtvakuum: Nach dem Abzug der Sowjets versank Afghanistan in einem Bürgerkrieg.

Nach dem Abzug der Amerikaner übernahmen die Taliban sofort wieder die Kontrolle, wo Menschenrechte, vor allem die Frauen total eingeschränkt wurde.

Die islamistische Taliban-Regierung hatte Afghanistan seit 1996 brutal regiert, Frauenrechte abgeschafft und das Land in eine theokratische Diktatur verwandelt.

Die USA betrachteten die Taliban nicht nur als Gastgeber von Al-Qaida, sondern auch als direkte Bedrohung für die Sicherheit der westlichen Welt.

Die USA wollten verhindern, dass Afghanistan zu einem Rückzugsort für Terroristen wird – ähnlich wie in den 1990ern, als Al-Qaida dort ihre Anschläge plante.

Natürlich war auch hier die Geopolitische Kontrolle eigentliche Absicht. Denn Afghanistan liegt strategisch zwischen Iran, Pakistan, China und den zentralasiatischen Staaten. Ein stabiler, pro-westlicher afghanischer Staat hätte den USA geopolitische Vorteile gebracht.

Einige Kritiker vermuten, dass wirtschaftliche Interessen (z. B. Öl- und Gas-Pipelines) ebenfalls eine Rolle spielten.

Die Taliban wurden innerhalb weniger Monate besiegt, doch die USA blieben 20 Jahre lang in einem endlosen Guerillakrieg gefangen.

Die afghanische Regierung war korrupt und abhängig von westlicher Hilfe.

2021 zogen sich die USA endgültig zurück – und die Taliban übernahmen in wenigen Wochen wieder die Macht.

Externe Unterstützung spielte eine große Rolle:

Während die USA die Mudschaheddin gegen die Sowjets unterstützten, finanzierten und bewaffneten später Länder wie Pakistan, Iran und Russland die Taliban gegen die Amerikaner.

Beide Interventionen hatten weitreichende globale Folgen: Der sowjetische Krieg trug zum Zerfall der UdSSR bei, da er enorme wirtschaftliche und politische Kosten verursachte.

Der US-Krieg verschärfte die Spannungen im Nahen Osten, förderte anti-amerikanische Radikalisierung und führte zu neuen geopolitischen Verschiebungen.

Fazit des Bubbles: Afghanistan wird oft als das „Grab der Imperien" bezeichnet, weil es seit Jahrhunderten ausländische Mächte verschlissen hat – von den Briten im 19. Jahrhundert über die Sowjets bis zu den Amerikanern. Sowohl die UdSSR als auch die USA kamen mit großen Ambitionen und gingen mit leeren Händen. In beiden Fällen blieben Chaos, Krieg und menschliches Leid zurück.

Der Afghanistan-Krieg ist ein Mahnmal für die Grenzen militärischer Macht und den Preis geopolitischer Fehleinschätzungen.

Auch in Europa gabs nach dem 2. Weltkrieg auch Kriege. Einer davon ist der Balkan bzw. Jugoslawien Konflikt, was zum Zerfall Jugoslawiens führe.

Belgrad, März 1989 stand Slobodan Milošević stand auf einer improvisierten Bühne vor hunderttausenden Serben auf dem Amselfeld, dem historischen Schlachtfeld des mittelalterlichen Serbien.
Die Massen jubelten, als er ins Mikrofon sprach:
"Niemand darf euch schlagen!"

Es war mehr als nur eine politische Rede – es war ein Wendepunkt. Hier, unter dem grauen Himmel Serbiens, begann der Zerfall Jugoslawiens.

Milošević, der sich als Verteidiger des serbischen Volkes inszenierte, wusste, dass sein Land in einer tiefen Krise steckte. Der Kommunismus war am Zerfallen, die Wirtschaft lag am Boden, und die alten ethnischen Spannungen brodelten wieder auf.

Seit Jahrzehnten hatten Kroaten, Serben, Bosniaken und andere Völker zusammengelebt – doch nun schürten Politiker gezielt den Hass.

Nur wenige Monate später, im Januar 1990, zerbrach das letzte, was Jugoslawien noch zusammenhielt: die Kommunistische Partei.

Slowenien und Kroatien erklärten ihre Unabhängigkeit, Serbien wollte die Kontrolle behalten – und der erste Krieg war nur noch eine Frage der Zeit.

August 1991, war Vukovar eine Stadt an der Donau, eine Grenzstadt zwischen Kroatien und Serbien. Bis vor kurzem war sie ein ruhiger Ort, in dem Kroaten und Serben Nachbarn waren.
Doch jetzt war sie ein Schlachtfeld.

Die jugoslawische Armee, unterstützt von serbischen Milizen, hatte die Stadt umzingelt. In den Straßen lagen ausgebrannte Autos, die Häuser waren von Granaten zerschossen. Die kroatischen Verteidiger waren in der Unterzahl, schlecht bewaffnet – aber sie kämpften.

"Wir hielten die Stellung so lange wir konnten", erinnert sich ein kroatischer Überlebender. "Aber als die Panzer durchbrachen, war alles verloren."

Die serbischen Truppen nahmen die Stadt nach drei Monaten Belagerung ein. Tausende starben, und Hunderte von Kroaten wurden in einem Massaker hingerichtet.

Vukovar war das erste große Kriegsverbrechen des Jugoslawienkriegs – doch es sollte nicht das letzte sein.

„Milošević bediente sich einer altbewährten Methode, die bereits viele Herrscher vor ihm genutzt hatten:

Wann immer es im eigenen Land zu Unruhen kam, wurde ein Krieg heraufbeschworen, um die Menschen abzulenken und die Macht zu festigen."

Denn in den 1980er Jahren rutschte Jugoslawien in eine schwere Wirtschaftskrise. Die Schulden stiegen, die Inflation explodierte, und es gab große Unterschiede zwischen den Republiken.

Slowenien und Kroatien waren wirtschaftlich stärker, während Serbien und andere Regionen ärmer waren. Das führte zu wachsendem Nationalismus: Jede Republik wollte mehr Eigenständigkeit, während Serbien unter Slobodan Milošević versuchte, Jugoslawien unter serbischer Kontrolle zu halten.

Somit fing auch die längste Belagerung der Neuzeit.

Als die ersten Schüsse in Sarajevo fielen, war der Krieg offiziell in Bosnien angekommen. Die bosnischen Serben, unterstützt von Serbien, hatten die Stadt umzingelt. Sie schnitten die Versorgung ab, und von den Hügeln aus richteten Scharfschützen ihre Gewehre auf die Zivilbevölkerung.

Jeden Tag fielen Mörsergranaten auf Marktplätze, Schulen, Krankenhäuser. Die Menschen mussten Regenwasser trinken, da die Wasserleitungen zerstört waren.

"Wir lebten in Kellern", erzählt eine Überlebende. "Wenn du auf die Straße gingst, wusstest du nicht, ob du lebend zurückkommst."

Die Belagerung von Sarajevo dauerte fast vier Jahre – 44 Monate lang wurden die Bewohner der Stadt beschossen. Mehr als 11.000 Menschen starben, darunter 1.600 Kinder. Die Welt schaute lange tatenlos zu, bis der Krieg außer Kontrolle geriet.

Nach fast einem Jahrzehnt Krieg war Jugoslawien kaum noch existent. Bosnien war geteilt, Kroatien unabhängig, Slowenien längst weg.

Doch in einer Region brodelte es noch immer: Kosovo.

Die NATO beschloss zu handeln. Zum ersten Mal in ihrer Geschichte begann das westliche Militärbündnis einen massiven Luftkrieg gegen einen souveränen Staat – Serbien. Tagelang dröhnten die Bomber am Himmel über Belgrad, zerstörten Brücken, Ministerien und sogar das Staatsfernsehen.

Die Serben sahen es als Aggression, sind leider immer noch der Meinung, da die Nationalisten die Wahrheit nicht sehen wollen.

Der Westen nannte es humanitäre Intervention.

Zehn Jahre nach dem ersten Schuss in Kroatien war Jugoslawien Geschichte. Was einst als sozialistisches Vielvölkerparadies galt, lag in Trümmern. Über 100.000 Menschen waren tot, Millionen vertrieben, Städte zerstört.

Doch die Narben des Krieges sind noch immer sichtbar – in den Köpfen der Menschen, in den Ruinen von Vukovar, in den Massengräbern von Srebrenica.

Der Jugoslawienkrieg war nicht nur ein Krieg um Territorien – es war ein Krieg um Identität, Macht und die Kontrolle über die Geschichte.

„Auch in der Ukraine war es nicht anders als in vielen anderen Konflikten: Es wurden Behauptungen aufgestellt, die als Rechtfertigung für Krieg und Gewalt dienten – oft ohne fundierte Beweise, aber mit großer propagandistischer Wirkung."

In einer live im Fernsehen übertragenen Rede sprach Wladimir Putin zu seiner Nation.

Der Saal war still, während der russische Präsident mit ernster Miene erklärte, warum er gezwungen sei, zu handeln.

"Die Ukraine ist kein richtiger Staat."
"Die NATO bedroht uns an unseren Grenzen."
"Wir müssen die russischsprachige Bevölkerung schützen."
"Wir führen eine Entnazifizierung durch."

Es war die Rechtfertigung für eine Invasion, die der Lauf der Weltgeschichte verändern würde. Doch wie viel Wahrheit steckte in diesen Behauptungen?

Dann kam die Legende von der „Nicht-Existenz" der Ukraine.

Die Idee, dass die Ukraine kein eigenständiges Land sei, ist nicht neu. Bereits in einem Essay aus dem Jahr 2021 schrieb Putin, Russen und Ukrainer seien „ein Volk", künstlich getrennt durch die Politik des Westens.

Diese Darstellung ignoriert jedoch Jahrhunderte ukrainischer Geschichte. Die Ukraine war nicht immer unabhängig, doch sie hatte eigene kulturelle Wurzeln, eine Sprache, eine Identität.

Nach dem Zerfall der Sowjetunion erklärte sie 1991 ihre Unabhängigkeit – und Russland erkannte sie damals an.

Historiker sehen in Putins Rhetorik eine bewusste Geschichtsumdeutung.

Dadurch soll die Invasion als „Wiedervereinigung" und nicht als Angriffskrieg verstanden werden.

Der Maidan als „westlicher Putsch"?

Eines der liebsten russischen Narrative: Der Sturz des „demokratisch gewählten" (aber korrupt bis ins Mark) prorussischen Präsidenten Wiktor Janukowytsch 2014 sei nichts anderes als eine vom Westen inszenierte Revolution gewesen. Ein Märchen, das Moskau bis heute fleißig weitererzählt – wohl in der Hoffnung, dass es irgendwann wahr wird.

Tatsächlich begannen die Proteste auf dem Maidan als Reaktion auf Janukowytschs plötzliche Abkehr vom EU-Assoziierungsabkommen.

Hunderttausende gingen auf die Straße, nicht weil die USA es befahlen, sondern weil sie eine Zukunft ohne Korruption und russischen Einfluss wollten.

Sicherlich gab es westliche Unterstützung für die Opposition – finanzielle Hilfen für NGOs, politische Statements, Beraterkontakte. Aber die Proteste waren eine ukrainische Bewegung, keine inszenierte Farbrevolution.

War das Krim-Referendum – Freiwilliger Anschluss oder erzwungene Annexion? Nach den Maidan-Protesten übernahm Russland im März 2014 die Kontrolle über die Krim.

Der Kreml behauptete, die Bevölkerung habe sich in einem Referendum mit überwältigender Mehrheit für einen Anschluss an Russland entschieden.

Doch dieses „Referendum" fand unter militärischer Besatzung statt, ohne internationale Wahlbeobachtung, und mit höchst fragwürdigen Zahlen.

Viele Krimtataren und Ukrainer boykottierten die Abstimmung, während Russland behauptete, über 90 % hätten für den Anschluss gestimmt.

Völkerrechtlich gilt die Krim-Annexion als illegal.

Doch in Russland wurde sie als Triumph verkauft – als erste Etappe der Wiederherstellung der russischen Großmachtstellung.

Russland erklärte immer wieder, es fühle sich von der NATO bedroht. Der Kreml argumentierte, dass die Osterweiterung des Bündnisses eine direkte Gefahr für die russische Sicherheit sei.

Doch die Realität sah anders aus: Vor dem Krieg war die Ukraine kein NATO-Mitglied und hatte keine westlichen Truppen auf ihrem Territorium stationiert. Zudem hatte Russland selbst 1997 das „NATO-Russland-Grundakte"-Abkommen unterzeichnet, in dem es die Möglichkeit einer freiwilligen NATO-Erweiterung akzeptierte.

Russlands Sicherheitsbedenken waren nicht unbegründet – viele Russen empfanden die NATO-Osterweiterung als Provokation.

Aber sie rechtfertigten keinen Angriff auf die Ukraine.

Eines der zentralen Narrativer der russischen Propaganda war die Behauptung, die Ukraine werde von Nazis regiert und müsse „entnazifiziert" werden.

Zwar gibt es in der Ukraine rechtsextreme Gruppen, darunter das Asow-Regiment, doch sie haben keinen großen politischen Einfluss.

Präsident Wolodymyr Selenskyj ist jüdischer Abstammung und hatte Familienangehörige, die im Holocaust ermordet wurden.

Die russische Propaganda nutzte die Geschichte jedoch geschickt aus. Sie spielte auf ukrainische Kollaborateure mit Nazi-Deutschland im Zweiten Weltkrieg an und verallgemeinerte die Existenz von Rechtsextremen in der Ukraine zu einer nationalen Bedrohung.

Ein Krieg, der auf Lügen aufgebaut wurde

Am 24. Februar 2022 marschierten russische Truppen in die Ukraine ein – mit der Begründung, sich zu verteidigen. Doch jeder der genannten Gründe war mindestens stark übertrieben, wenn nicht völlig erfunden.

Der Ukraine-Krieg zeigt, wie moderne Kriegsführung nicht nur auf dem Schlachtfeld, sondern auch in der Informationswelt geführt wird.

Russland nutzte gezielte Desinformation, um die eigene Bevölkerung und internationale Sympathisanten zu überzeugen.

Doch Propaganda allein reicht nicht aus, um eine Realität zu erschaffen. Die Welt sah, was in Butscha geschah.

Sie sah, wie Millionen Ukrainer aus ihren zerstörten Städten flohen.

Sie sah, dass dieser Krieg nicht der „Befreiung" diente – sondern der Eroberung.

DIE KUNST DER MACHTSICHERUNG

Wenn Wahrheit zum Feind wird bzw. Bubble platzt.

„Ich hatte keine sexuelle Beziehung mit dieser Frau." – Bill Clinton, 1998

Oh, Bill. Was als schlechte Ausrede eines Ehemanns hätte durchgehen können, wurde zur Staatsaffäre. Obwohl die Wahrheit irgendwann ans Licht kam, blieb Clinton im Amt.
Warum?
Weil es am Ende nicht um Wahrheit oder Moral geht – sondern darum, wer besser lügen kann.

Macht ist keine Frage der Fakten, sondern der Wahrnehmung.

Trump behauptete 2020, die Wahl sei gestohlen worden.

Im November 2020 wurde Joe Biden nach einer langen und pandemiebedingt besonderen Wahlperiode zum 46. Präsidenten der Vereinigten Staaten gewählt.

Donald Trump, der amtierende Präsident, erkannte seine Niederlage jedoch nicht an und behauptete, die Wahl sei durch weitreichenden Betrug manipuliert worden.

Diese Behauptung, obwohl mehrfach widerlegt, wurde durch seine politischen Verbündeten, konservative Medien und Social-Media-Plattformen weiterverbreitet.

Die Verbreitung von Desinformation erfolgte auf Trumps Narrativ eines „gestohlenen Sieges".

Dies beruhte auf mehreren Kernaussagen:
Manipulation durch Briefwahlstimmen: Trump und seine Anhänger behaupteten, dass massenhaft ungültige oder gefälschte Stimmen zugunsten von Biden abgegeben worden seien.

Wahlmaschinen als Betrugsinstrument: Es wurde die Theorie verbreitet, dass Dominion-Wahlmaschinen Stimmen von Trump auf Biden umgeleitet hätten – eine Behauptung ohne Grundlage.

Unrechtmäßige Stimmabgaben: Es wurde behauptet, dass Tausende Verstorbene oder nicht registrierte Personen gewählt hätten.

Verschwörungen innerhalb der Regierung: Einige Verschwörungstheorien gingen so weit, zu behaupten, dass das Justizministerium, die Gerichte und sogar republikanische Wahlbeamte Teil eines groß angelegten Komplotts gegen Trump seien.

Diese Narrative fanden starken Widerhall in Online-Foren, auf Plattformen wie Parler, Gab und Telegram sowie in rechtspopulistischen Medienhäusern wie OANN und Newsmax.

Besonders aktiv waren Anhänger der QAnon-Bewegung, die glaubten, dass Trump gegen eine geheime Elite kämpfe, die den Staat kontrolliere.

Der Wendepunkt dieser Entwicklungen war der 6. Januar 2021, als der US-Kongress zusammenkam, um die Wahlmännerstimmen offiziell zu bestätigen. Zeitgleich hielt Trump eine Rede vor Tausenden Anhängern in Washington D.C., in der er sie ermutigte, sich „stark zu zeigen" und „nicht kampflos aufzugeben".

Kurz nach dieser Rede marschierten große Gruppen zum Kapitol. Dort kam es zu folgenden Ereignissen:

Die Menge durchbrach Absperrungen, überrannte Sicherheitskräfte und drang gewaltsam in das Kapitol ein.

Angriffe auf Polizisten: Sicherheitskräfte wurden mit Pfefferspray attackiert, mit Fahnenstangen geschlagen und bedrängt. Mindestens fünf Personen starben in unmittelbarem Zusammenhang mit den Unruhen.

Zerstörung und Plünderung: Büros wurden verwüstet, Fenster eingeschlagen, Sitzungssäle gestürmt. Ein Mann wurde mit dem gestohlenen Rednerpult der Sprecherin des Repräsentantenhauses fotografiert.

Symbolträchtige Bilder: Einer der bekanntesten Akteure war der „QAnon Shaman" Jake Angeli, der mit Hörnerhelm und Fell in den Senatssaal eindrang.

Auch Konföderierten- Flaggen wurden im Kapitol geschwenkt – ein historisch beispielloses Ereignis.

Gefahr für Politiker: Vizepräsident Mike Pence und andere hochrangige Abgeordnete wurden evakuiert. In der Menge wurden Rufe wie „Hängt Mike Pence!" laut, da er sich geweigert hatte, Trumps Wahlniederlage zu kippen.

Erst Stunden später konnte die Nationalgarde die Lage wieder unter Kontrolle bringen, und der Kongress setzte seine Arbeit fort.

Ermittlungen und Prozesse: Hunderte Personen wurden später verhaftet, viele wegen Landfriedensbruchs, Angriffs auf Polizeibeamte oder Verschwörung.

Trump wurde angeklagt: Der Ex-Präsident sah sich einem Amtsenthebungsverfahren wegen „Anstiftung zum Aufruhr" gegenüber, wurde jedoch freigesprochen.

Verschärfte Sicherheitsmaßnahmen: Die Nationalgarde sicherte wochenlang das Kapitol, und Maßnahmen gegen gewaltbereite Extremisten wurden verstärkt.

Spaltung der Gesellschaft wurde hier ganz deutlich.

Während viele Amerikaner den Sturm auf das Kapitol als Angriff auf die Demokratie sahen, betrachteten ihn einige Trump-Anhänger weiterhin als gerechtfertigten Protest.

Allein die Tatsache, dass der Sturm auf das Kapitol am 6. Januar 2021 so mühelos gelang, zeigt, wie sehr die Verantwortlichen diesen Mob – und die Macht einer völlig aus der Luft gegriffenen Behauptung – unterschätzt hatten.

Doch was damals wie eine chaotische Eskalation erschien, entwickelt sich nun zur Blaupause für radikale Bewegungen weltweit.

Donald Trump hat bereits viele der Täter begnadigt – jene Menschen, die Fensterscheiben einschlugen, Sicherheitskräfte attackierten und mit Gewalt die Demokratie stürzen wollten.

Ein Aufstand gegen den Staat, belohnt mit Straffreiheit. Wenn das nicht die ultimative Ermutigung für Extremisten ist, was dann?

Die Signalwirkung reicht weit über die USA hinaus. Wer einmal erlebt, dass ein bewaffneter Mob ungestraft Parlamente stürmen kann, wird sich auch anderswo bestätigt fühlen.

Reichsbürger in Deutschland, radikale Gruppen in Europa – sie alle beobachten genau, wie sich Demokratie unter Druck verhält. Natürlich sind sie nicht die Einzigen.

Nur zwei Jahre nach dem Kapitol sturm versuchten Anhänger des rechtsextremen Ex-Präsidenten Jair Bolsonaro in Brasilien genau dasselbe. **Am 8. Januar 2023 stürmten sie das Parlament in Brasília**, überzeugt davon, dass die Wahlen manipuliert wurden – ein Mythos, den Bolsonaro selbst monatelang geschürt hatte. Das Muster ist erschreckend ähnlich: Eine Lüge, tausendfach wiederholt, eine Masse, die sich in ihrer Wut bestätigt fühlt, und der Glaube, dass Gewalt die einzig verbleibende Lösung sei.

Trump hat damit nicht nur die Demokratie der USA ins Wanken gebracht, sondern ein globales Experiment gestartet: **Was passiert, wenn Extremisten erkennen, dass Gewalt eben doch eine Lösung sein kann – solange nur die richtigen Leute an der Macht sind?**

Je dreister die Lüge, desto stärker ihre Wirkung. Denn wer lügt, demonstriert nicht nur Gerissenheit – er zeigt auch, dass er sich keine Sorgen um Konsequenzen machen muss, das beeindruckt viele.

WIE ENTSTEHEN VERSCHWÖRUNGSTHEORIEN?

Verschwörungstheorien entstehen oft in Zeiten gesellschaftlicher Unsicherheit, politischer Umbrüche oder persönlicher Krisen. Sie bieten einfache Erklärungen für komplexe Probleme und haben oft wiederkehrende Muster:

Einflussreicher Strippenzieher:

Eine geheime Gruppe (z. B. „die Elite", Regierungen, Milliardäre) wird als Drahtzieher von Ereignissen dargestellt.

Manipulation der Wahrheit:

Es wird behauptet, dass Medien, Wissenschaft oder Regierungen absichtlich Informationen unterdrücken.

Opfer-Narrativ:

Die Anhänger der Theorie sehen sich als Widerstandskämpfer gegen eine übermächtige, korrupte Ordnung.

Selbsterfüllende Logik:

Jeder Widerspruch gegen die Theorie wird als Beweis dafür gewertet, dass die Verschwörung existiert ("Wer die Wahrheit leugnet, muss Teil der Verschwörung sein"). Während einige Theorien auf falschen Annahmen basieren, sind andere bewusst manipulativ konstruiert, um politische oder wirtschaftliche Interessen zu fördern.

DIGITALE VERBREITUNG VON DESINFORMATION

Mit dem Aufstieg sozialer Medien haben sich die Mechanismen der Desinformation verändert:

Algorithmen verstärken extreme Inhalte: Plattformen wie Facebook, YouTube oder Twitter zeigen Nutzern Inhalte, die ihre bestehenden Überzeugungen bestätigen. Radikalisierung kann so in geschlossenen Gruppen oder durch wiederholte Inhalte verstärkt werden.

Echokammern und Filterblasen:
Menschen konsumieren oft nur Informationen, die ihrer Sichtweise entsprechen. Dadurch entsteht der Eindruck, dass die Mehrheit ihrer Meinung ist und Gegenargumente nur Teil einer „Lügenkampagne" sind.

Memes und virale Inhalte: Desinformation wird oft in Form von leicht konsumierbaren Bildern, Videos oder Schlagworten verbreitet, die Emotionen ansprechen und sich schneller teilen lassen.

Deepfakes und manipulierte Medien: Durch moderne Technologie können Fake-Videos und bearbeitete Bilder erstellt werden, die falsche Narrative stützen.
Warum X später Facebook und Faktenchecks nicht mehr anerkannte Es begann mit einem einfachen Algorithmus. X, das einst als Twitter bekannt war, hatte sich über Jahre verändert.

Was als Plattform für schnelle Nachrichten und offene Diskussionen begann, war zu einem digitalen Schützengraben geworden, in dem jeder nur noch das hörte, was er hören wollte. Faktenchecks wurden erst ignoriert, dann belächelt, schließlich bekämpft.

Die Veränderung geschah schleichend.
Zuerst waren es nur einige Stimmen, die behaupteten, dass die Fakten Checker voreingenommen seien.

Kleine Accounts, alternative Blogs, Stimmen aus den Ecken des Internets, die sonst niemand beachtete.

Doch die Behauptung hatte eine Sogwirkung.
„Wer überprüft die Fakten Checker?" wurde zu einem Mantra, das sich in den Kommentarspalten festsetzte. Die Frage war nicht unberechtigt – aber sie war nicht ehrlich gemeint.

Dann kamen die Influencer. Große Accounts mit Hunderttausenden Followern, die nicht nur die Faktenchecks infrage stellten, sondern sie als Teil eines Systems darstellten, das „die Wahrheit" unterdrücken wollte.

Die Fakten Checker wurden zu Feindbildern erklärt, zu Marionetten der Regierung, zu Zensoren.

Und schließlich kippte das System selbst.

Die Plattform stellte fest, dass Wut Engagement brachte. Dass Empörung geteilt wurde, dass Skandale viral gingen. Also fütterte der Algorithmus die Nutzer mit genau dem, was sie sehen wollten – nicht mit dem, was wahr war.

Jedes Mal, wenn Facebook einen Faktencheck veröffentlichte, kursierten auf X tausendfach geteilte Threads, die erklärten, warum dieser „eigentlich falsch" sei.

Wahrheit wurde zu einer Frage der Perspektive.

Am Ende war es nicht einmal mehr nötig, die Faktenchecks zu löschen. Die Leute sahen sie – und glaubten einfach nicht mehr daran.

DIE NEUE ÄRA DER MANIPULATION

Social Media, KI und Microtargeting

„Wir haben die Pandemie unter Kontrolle."
Donald Trump, 2020

Spoiler: Hatten sie nicht. Aber wer braucht schon Kontrolle, wenn man Kontrolle über die Narrative hat?
Früher brauchte Propaganda Zeit. Zeitungen mussten gedruckt, Reden gehalten, Bücher verbrannt werden. Heute reicht ein Tweet, ein virales Video oder eine gezielte Facebook-Kampagne.

Dank Microtargeting und diverse Algorithmen wissen Politiker genau, was wir hören wollen – und sie sagen es uns. Ob es stimmt oder nicht, spielt keine Rolle mehr.

Und dann ist da noch die Künstliche Intelligenz. Während wir uns noch darüber amüsieren, dass Chatbots Fehler machen, entwickeln Staaten längst KI-gestützte Desinformationskampagnen.

Deepfakes können Politiker alles sagen lassen, was ihnen gerade nützt. Social Media weiß mehr über uns als unsere eigenen Freunde.

Ein ehemaliger Stasi-Offizier soll einmal gesagt haben, dass er es nicht glauben konnte: Früher mussten Geheimdienste mit Mühe Informationen sammeln.

Heute geben die Menschen freiwillig alles preis – in Form von Google-Suchen, Instagram-Posts und Sprachassistenten wie Alexa, die wir sogar in unsere Schlafzimmer lassen.

WARUM WIR AUS LÜGEN NICHTS LERNEN

Man könnte meinen, nach all den historischen Lügen, Skandalen und Enthüllungen wären wir als Gesellschaft klüger geworden.

Aber nein. Die Mechanismen bleiben gleich.

Die Politiker bleiben gleich.

Und wir?

Wir wählen sie trotzdem.

Vielleicht, weil wir es nicht besser wissen wollen.

Vielleicht, weil Wahrheit zu kompliziert ist.

Vielleicht, weil wir uns lieber von schöner Heißluft wärmen lassen, als der kalten Realität ins Gesicht zu sehen.

Die Frage ist nicht, ob uns Politiker weiter belügen werden. Das werden sie. Die Frage ist, ob wir irgendwann anfangen, die Wahrheit wirklich zu verlangen.

WARUM LASSEN SICH MENSCHEN UNTERDRÜCKEN

„Niemand hat größere Macht über den Menschen als derjenige, der ihn glauben lässt, es gäbe keine Alternative." – Unbekannter Tyrann, irgendwann in der Geschichte

Jahr für Jahr, Jahrzehnt für Jahrzehnt leben Millionen von Menschen in Systemen, die sie belügen, ausbeuten und klein halten.

Ob in Russland, China, Afghanistan oder anderswo – die Herrscher ändern sich, die Methoden nicht. Und doch gibt es kaum einen Massenaufstand.
Keine Revolutionen, keine gigantischen Protestbewegungen. Nur vereinzelte Stimmen des Widerstands, die oft so schnell verstummen, wie sie aufgetaucht sind.
Die große Frage ist: Warum?
Warum akzeptieren so viele Menschen ihr Schicksal, obwohl sie ein besseres Leben für sich und ihre Kinder haben könnten? Ist es angst? Bequemlichkeit? Gehirnwäsche?
Oder sind wir am Ende doch nur Herdentiere, die sich gerne führen lassen?
Nun, die Antwort ist: Ja.
Aber lass uns das genauer betrachten.

DIE KUNST DER ANGST

Wer protestiert, landet im Keller

Der sicherste Weg, eine Bevölkerung ruhigzustellen, ist, ihr zu zeigen, was mit denen passiert, die nicht ruhig bleiben. Genau das tun autoritäre Regierungen mit erschreckender Effizienz.

Russland: Ein Land, in dem ein Journalist an einem Fenster stehen sollte, wenn er zu laut über Korruption spricht – denn erstaunlich viele fallen genau dann „zufällig" in den Tod.

Alexej Nawalny war ein prominenter russischer Oppositionspolitiker und Kritiker des Putin-Regimes.

Er wurde im August 2020 Opfer eines Giftanschlags, der ihm beinahe das Leben kostete.

Nach seiner Genesung in Deutschland kehrte er im Januar 2021 nach Russland zurück, wo er sofort verhaftet und zu langjährigen Haftstrafen verurteilt wurde.

Alexej Nawalny wurde mit einer Reihe von Vorwürfen konfrontiert, die von den russischen Behörden erhoben wurden.

Zu den Hauptvorwürfen gehörten:

Betrug: Nawalny wurde wegen angeblichen Betrugs verurteilt, was zu seiner Inhaftierung führte.

Extremismus: Ihm wurde vorgeworfen, eine extremistische Organisation gegründet und finanziert zu haben.

Aufruf zur Förderung von Terrorismus: Es wurde behauptet, dass er zur Förderung von Terrorismus aufgerufen habe.

Finanzierung von Extremismus: Nawalny wurde beschuldigt, Extremismus finanziell unterstützt zu haben.

Verbreitung von Nazismus: Ein weiterer Vorwurf war die Verbreitung von Nazismus.

Diese Vorwürfe führten zu mehreren Gerichtsverfahren und einer erheblichen Verlängerung seiner Haftstrafe. Nawalny und seine Unterstützer betrachten diese Anschuldigungen als politisch motiviert und als Versuch, ihn zum Schweigen zu bringen.

Alexej Nawalny war ein prominenter russischer Oppositionspolitiker und Kritiker des Putin-Regimes. Er wurde im August 2020 Opfer eines Giftanschlags, der ihm beinahe das Leben kostete.

Nach seiner Genesung in Deutschland kehrte er im Januar 2021 nach Russland zurück, wo er sofort verhaftet und zu langjährigen Haftstrafen verurteilt wurde.

Während seiner Haftzeit in einem Straflager im russischen Hohen Norden verschlechterte sich Nawalnys Gesundheitszustand zunehmend.

Am 16. Februar 2024 wurde sein Tod offiziell bekannt gegeben. Die genauen Umstände seines Todes bleiben jedoch unklar, und viele vermuten, dass er erneut vergiftet wurde. Mithäftlinge berichteten von ungewöhnlichen Sicherheitsmaßnahmen und Durchsuchungen in der Nacht vor seinem Tod.

Nawalnys Tod löste weltweit Empörung aus, und seine Witwe Julia Nawalnaja sowie zahlreiche Unterstützer setzen sich weiterhin für Gerechtigkeit und Freiheit in Russland ein.

Die Demonstrationen gegen das Putin-Regime und für die Freilassung politischer Gefangener halten an.

China: Wer dort auf die Idee kommt, gegen die Regierung zu demonstrieren, verschwindet nicht selten für immer. Das berühmteste Beispiel? Die Tiananmen-Proteste 1989. Tausende Studenten forderten mehr Demokratie – Panzer rollten an, Schüsse fielen, und seitdem ist dieses Thema in China so tabu wie ein Steak im Veganer-Restaurant.

Afghanistan: Dort ist das Problem nicht nur der Staat, sondern auch die Gesellschaft. Frauen, die Bildung fordern, riskieren, dass sie eines Morgens einfach nicht mehr aufwachen.

Ihre Familien könnten dann bestenfalls noch sagen: „Sie hatte zu viele westliche Gedanken."

Und so wächst eine Generation nach der anderen mit der Gewissheit auf: Halte den Kopf unten, dann bleibst du am Leben.

PROPAGANDA

Wenn die Lüge zur Realität wird

Aber Angst allein reicht nicht aus.

Man muss die Menschen auch davon überzeugen, dass es gar keinen Grund zur Angst gibt – weil sowieso alles perfekt ist.

China ist das beste Beispiel.

Dort gibt es keine Probleme. Kein Hongkong-Debakel, keine Uiguren-Lager, keine Unterdrückung. Alles ist harmonisch, alles ist wunderbar – solange du das Internet nur in der Version nutzt, die die Regierung für dich freigeschaltet hat.

In Russland ist das Prinzip ähnlich. Die staatlichen Medien berichten nicht über Proteste oder Korruption. Sie berichten darüber, dass der Westen Russland zerstören will, dass Putin der große Beschützer ist und dass jeder, der das anders sieht, wahrscheinlich ein vom CIA bezahlter Verräter ist.

Und in Afghanistan? Dort sagt die religiöse Elite: „Frauen brauchen keine Bildung, sie brauchen Gehorsam." Und weil seit Generationen niemand etwas anderes kennt, wird es zur Normalität. Die Menschen glauben, was sie hören – weil sie nichts anderes hören.

TRADITION & KOLLEKTIVISMUS

Der Einzelne zählt nicht

Während im Westen Individualismus gefeiert wird („Du kannst alles sein, was du willst!"), funktioniert das in vielen anderen Teilen der Welt anders.

In China bedeutet „Harmonie" oft: Mach keinen Ärger. Das Wohl der Gemeinschaft geht vor dem Einzelnen. Also warum sich auflehnen?

Es würde doch nur Unruhe bringen.

In Russland gibt es die alte Sowjet-Mentalität: Der Staat ist stark, der Bürger klein. Jahrzehntelang wurde den Menschen eingetrichtert, dass Macht nun mal von oben kommt.

Und in Afghanistan? Dort gibt es das alte patriarchale System, in dem Traditionen wichtiger sind als Menschenrechte.

Kurz gesagt: Viele Menschen akzeptieren ihr Schicksal, weil sie nie gelernt haben, es in Frage zu stellen.

WIRTSCHAFTLICHE KONTROLLE

Wer Hunger hat, rebelliert nicht

Es gibt eine goldene Regel der Macht: Gib den Menschen genug, damit sie überleben – aber nicht genug, damit sie mutig werden.

In China sorgt die Regierung dafür, dass es Wohlstand gibt. Nicht für alle, aber für viele. Und solange das Volk seine Wohnungen, Handys und Urlaubsreisen hat, denkt es nicht an Rebellion.

In Russland gibt es Renten, staatliche Jobs, Sozialleistungen – und wer sich gegen den Staat stellt, verliert all das.

Also bleiben die meisten still.
In Afghanistan wiederum ist das System einfacher: Wenn du dich den Taliban widersetzt, bekommst du keine zweite Chance.
Geld und Überleben sind mächtige Werkzeuge der Kontrolle.

WARUM KÄMPFEN DANN MANCHE MENSCHEN?

Aber wenn alles so perfekt durchdacht ist – warum gibt es dann überhaupt Widerstand?
Weil es immer ein paar Menschen gibt, die nicht schweigen können.

Die russischen Journalisten, die trotz Drohungen weiter berichten.
Die chinesischen Dissidenten, die ins Exil gehen, um die Wahrheit zu erzählen.
Die afghanischen Frauen, die gegen die Taliban protestieren, obwohl sie wissen, dass es ihr letzter Protest sein könnte.

Aber diese Menschen sind in der Minderheit. Sie sind mutig, aber sie sind auch einsam.

Solange die Mehrheit glaubt, dass Widerstand nutzlos ist, bleibt alles beim Alten.
Da sind doch einige tapferen, das so nicht stehen lassen wollen, z.B. Julian Assange und WikiLeaks.

DER KAMPF UM WAHRHEIT UND FREIHEIT

Julian Assange

Er ist eine der polarisierenden Figuren des 21. Jahrhunderts – ein Mann, der als Freiheitskämpfer, Verräter, Held oder Bedrohung bezeichnet wurde.

Sein Name ist untrennbar mit WikiLeaks verbunden, einer Plattform, die 2006 gegründet wurde, um geheime Dokumente und vertrauliche Informationen öffentlich zugänglich zu machen.

WikiLeaks entstand aus einer radikalen Idee: absolute Transparenz als Waffe gegen Machtmissbrauch. Assange und seine Mitstreiter glaubten, dass Regierungen, Konzerne und mächtige Institutionen zu oft im Schatten operierten, während die Bevölkerung im Dunkeln gelassen wurde.

Die Enthüllungsplattform sollte diesen Mechanismus durchbrechen – durch die Veröffentlichung geheimer Dokumente, die der Welt zeigen sollten, was wirklich hinter verschlossenen Türen geschieht.

Schon früh machte sich WikiLeaks Feinde. Doch der große Knall kam 2010. Mit der Veröffentlichung von *Collateral Murder* – einem Video, das zeigte, wie ein US-Kampfhubschrauber in Bagdad Zivilisten, darunter zwei Reuters-Journalisten, erschoss.

Die Bilder waren schockierend und ließen keinen Zweifel daran, dass Kriegsverbrechen nicht nur in Geschichtsbüchern existierten, sondern in Echtzeit geschahen.

Dann folgten die Afghanistan War Logs, die Iraq War Logs und schließlich die US-Diplomatic Cables – ein massives Leck mit über 250.000 diplomatischen Dokumenten, die enthüllten, wie die Weltpolitik hinter den Kulissen funktioniert. Die Veröffentlichung dieser Dokumente brachte Regierungen ins Wanken, löste internationale Krisen aus und machte Assange endgültig zur Zielscheibe der Mächtigen. Es dauerte nicht lange, bis Assange selbst ins Visier geriet.

In Schweden wurden Vorwürfe sexueller Vergehen gegen ihn erhoben – für manche ein berechtigtes strafrechtliches Verfahren, für andere ein politisch motiviertes Manöver, um ihn aus dem Verkehr zu ziehen. Um einer Auslieferung an die USA zu entgehen, suchte Assange Zuflucht in der ecuadorianischen Botschaft in London, wo er sieben Jahre lang wie ein moderner Gefangener lebte.

Während er in der Botschaft festsitzend alterte, veränderte sich die Welt um ihn herum.

WikiLeaks verlor an Einfluss, neue Whistleblower wie Edward Snowden traten ins Rampenlicht, und die öffentliche Meinung über Assange schwankte zwischen Bewunderung und Misstrauen.

2019 kam dann das Unvermeidliche: Ecuador entzog ihm das Asyl, und die britische Polizei stürmte die Botschaft.

Assange wurde verhaftet, und die USA forderten seine Auslieferung, wegen Spionage und der Veröffentlichung geheimer Dokumente. Sollte er ausgeliefert werden, drohen ihm bis zu 175 Jahre Haft.

Julian Assange ist heute ein Symbol – für Pressefreiheit, aber auch für die Gefahr, die mit dem Aufdecken von Wahrheit einhergeht.
Ist er ein Held, der für Transparenz kämpft? Oder ein gefährlicher Störfaktor, der geopolitische Stabilität riskiert?
Egal, wie man zu ihm steht, eines ist sicher: WikiLeaks hat die Welt verändert. Es hat gezeigt, dass Informationen die mächtigste Waffe unserer Zeit sind. Und dass Wahrheit – selbst, wenn sie befreit – oft einen hohen Preis fordert.

Das genau diesen Preis musste auch Edward Snowden bezahlen.

DER MANN, DER DIE WELT AUFWECKTE

Edward Snowden

Es begann mit einer Entscheidung. Einer, die Edward Snowden alles kosten würde – seine Heimat, seine Familie, seine Freiheit. Doch er war überzeugt: Das Schweigen war gefährlicher als die Wahrheit.

Er war der unsichtbare Architekt der Überwachung Bevor Snowden zum berühmtesten Whistleblower des 21. Jahrhunderts wurde.

Er war er ein einfacher Mann im Dienst der Macht. Geboren 1983 in North Carolina, wuchs er in einer Familie auf, die dem Staat diente – sein Vater war Offizier, seine Mutter arbeitete für die Regierung. Patriotismus lag in seiner DNA.

Nach den Anschlägen vom 11. September 2001 veränderte sich die Welt – und Snowdens Leben nahm eine neue Richtung. Er wollte seinem Land helfen, es schützen.

Ohne einen Universitätsabschluss, aber mit außergewöhnlichem IT-Talent, fand er seinen Weg in die Geheimdienstwelt: zunächst als Mitarbeiter der CIA, später als externer Berater für die NSA. Dort, in den Tiefen der digitalen Infrastruktur, stieß er auf etwas, das ihn nicht mehr loslassen würde.

PRISM und die totale Überwachung
Snowden erkannte, dass die US-Regierung unter dem Deckmantel der Terrorismusbekämpfung ein gigantisches Überwachungsnetz aufgebaut hatte.

Programme wie **PRISM** ermöglichten es der NSA, nahezu jeden digitalen Schritt von Millionen Menschen zu verfolgen – ohne ihr Wissen, ohne ihre Zustimmung. Telefonate, E-Mails, Google-Suchen, private Chats – nichts war sicher.

Es war nicht nur die Spionage gegen feindliche Mächte oder Terrorverdächtige, die Snowden erschütterte. Es war die Tatsache, dass auch unschuldige Bürger, Journalisten, Politiker und sogar befreundete Staatschefs überwacht wurden.

Eine totale digitale Kontrolle – verborgen hinter den Fassaden von Demokratie und Freiheit.

Snowden stand vor einer Wahl: Schweigen und weiter Teil des Systems bleiben – oder die Wahrheit enthüllen und sein eigenes Leben riskieren.

Er entschied sich für die Wahrheit!

Im Juni 2013 flog er nach Hongkong, ausgestattet mit einem Schatz an streng geheimen Dokumenten. In einem Hotelzimmer, verborgen hinter Vorhängen, traf er auf Journalisten von *The Guardian* und *The Washington Post*.

Er sprach ruhig, fast nüchtern, als er ihnen erklärte, wie weit der Überwachungsstaat bereits gediehen war.

Dann kam die erste Veröffentlichung und die Welt hielt den Atem an.
Ab dann war der meistgesuchte Mann der Welt.

Die Enthüllungen lösten einen globalen Schock aus. Die US-Regierung reagierte mit Zorn: Snowden wurde als Verräter gebrandmarkt, ein internationaler Haftbefehl wurde ausgestellt.

Von Hongkong aus floh er nach Russland, doch sein Plan, Asyl in Südamerika zu suchen, scheiterte. Er strandete auf dem Moskauer Flughafen – staatenlos, gejagt, ohne klare Zukunft. Schließlich gewährte ihm Russland Asyl, ein Exil, das bis heute andauert.

Held oder Verräter? Ich meine wir brauchen noch mehr solche Menschen mit Rückgrat,

Snowden bleibt eine umstrittene Figur. Für die einen ist er ein Held, der sich opferte, um die Menschen vor einem übermächtigen Überwachungsstaat zu warnen.
Für die anderen ist er ein Verräter, der nationale Sicherheit gefährdete und Feinden Amerikas in die Hände spielte.

Doch eines ist unbestreitbar: Seine Enthüllungen haben die Welt verändert.

Dank Snowden wissen wir, dass digitale Privatsphäre keine Selbstverständlichkeit ist. Dass unsere Daten eine Währung sind, die im Verborgenen gehandelt wird. Und dass selbst Demokratien zu Überwachungsmonstern werden können, wenn niemand hinsieht.

Snowden selbst bleibt ein Mann im Exil. Er lebt in Moskau, hat eine Familie gegründet, hält Reden über Freiheit und digitale Rechte.
Er hat ein Buch geschrieben, *Permanent Record*, in dem er seine Geschichte erzählt.

Doch ob er jemals wieder in seine Heimat zurückkehren kann – und ob er dort jemals ein faires Verfahren bekommen würde – bleibt ungewiss.

Was bleibt?
Edward Snowdens Geschichte ist eine Mahnung. Eine Erinnerung daran, dass Wahrheit nicht immer bequem ist – und dass diejenigen, die sie ans Licht bringen, oft den höchsten Preis zahlen.

Doch sie zeigt auch: Manchmal reicht eine einzige Stimme, um die Welt aufzuwecken.
Trotzdem werden jene, die die Wahrheit aussprechen, behandelt wie Verbrecher.

Man verfolgt sie, stellt sie an den Pranger, zieht sie aus dem Verkehr – als wären sie eine Gefahr, nicht für die Lüge, sondern für die, die von ihr profitieren.

Und obwohl das Volk zahlreich ist, bleibt es stumm. Niemand erhebt sich, um diese Scheinprozesse zu stoppen. Niemand wagt es, die Farce zu durchbrechen.

Vielleicht aus Angst. Vielleicht aus Gleichgültigkeit. Oder weil es einfacher ist, wegzusehen, als sich gegen eine Macht zu stellen, die längst entschieden hat, was Wahrheit ist – und wer dafür bestraft wird, sie auszusprechen.

FREIHEIT IST UNBEQUEM

Bequemlichkeit gewinnt oft

Wir im Westen neigen dazu, uns zu fragen: „Warum tun die Menschen dort nichts?"

Aber stellen wir uns lieber eine andere Frage: „Würden wir selbst etwas tun, wenn wir dort leben würden?"

Wenn deine Familie bedroht wird? Wenn dein Arbeitsplatz auf dem Spiel steht? Wenn du zwischen einem ruhigen Leben und einer Gefängniszelle wählen müsstest?

Vielleicht ist die bittere Wahrheit, dass die meisten Menschen nicht „unterwürfig" sind – sondern einfach nur menschlich.

Sie haben Angst. Sie sind müde.

Sie hoffen, dass irgendwann jemand anderes den ersten Schritt macht. Die Herrscher wissen das.

Deshalb regieren sie weiter.

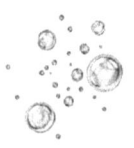

DAS PARADOX DER POPULISTEN

Warum die Menschen Widersprüche ignorieren
„Die Leute glauben eine große Lüge eher als eine kleine."
– Joseph Goebbels (angeblich)

Politik ist kein Wettbewerb der Logik. Es geht nicht darum, wer die besten Argumente hat, sondern wer die besten Emotionen auslöst. Menschen wählen nicht rational, sie wählen aus dem Bauch heraus. Und genau deshalb können Politiker wie Alice Weidel sich Widersprüche leisten, die eigentlich jeden denkenden Menschen abschrecken müssten.

Aber warum lassen sich Menschen darauf ein? Weil Wähler keine Philosophen sind – sie suchen keine Widerspruchsfreiheit, sondern Identifikation, Emotion und einfache Antworten auf komplizierte Probleme.

DIE MACHT DER GEFÜHLE

oder die Illusion von Authentizität

Fakten spielen keine Rolle. Auch die Widersprüche werden zur Stärke

In der Welt der Populisten zählt nicht, was wahr ist, sondern was sich wahr anfühlt.

Alice Weidel ist lesbisch, lebt mit einer Ausländerin zusammen und tritt trotzdem für eine Partei ein, die Homosexuelle und Migranten ablehnt.

Das klingt verrückt.

Aber genau das macht sie für viele Wähler glaubwürdig. Warum?

Weil sie dadurch den Eindruck erweckt, dass sie „ehrlich" ist. Dass sie „gegen ihre eigenen Interessen" spricht. In einer Zeit, in der Politiker oft als opportunistisch gelten, wirkt das erfrischend.

Sie wird nicht trotz ihrer Widersprüche gewählt – sondern wegen ihnen.

Alice Weidel verkauft keine Konzepte, keine durchdachten Lösungen – sie verkauft ein Gefühl.

Wut.

Frustration.

Vor allem Angst.

Ihre Wähler interessiert nicht, ob es ein Widerspruch ist, dass eine lesbische Frau eine Partei anführt, die traditionelle Familienbilder beschwört.

Sie fragen sich nicht, ob es Ironie ist, dass sie gegen Migranten wettert, während sie selbst mit einer Migrantin in der Schweiz lebt und nicht mal ihren eigenen Wahlkreis kennt.

Es geht nicht um Logik.

Es geht um Empfinden.

Die Menschen, die ihr ihre Stimme geben, tun es nicht aus Bewunderung. Sie wählen nicht Alice Weidel, weil sie sie mögen. Sie wählen sie, weil sie „die da oben" hassen.

Alice Weidel gibt ihnen das Gefühl, dass sie für sie kämpft. Dass sie ihre Wut spricht, ihre Sorgen versteht, ihre Ängste teilt. Ob das der Realität entspricht, spielt keine Rolle – solange es sich so anfühlt.

Am Ende ist es ganz einfach: Viele Menschen wollen geführt werden. Sie wollen eine starke Hand, die ihnen sagt, was richtig und was falsch ist. Sie wollen jemanden, der ihre Ängste versteht und sie in einfache Feindbilder verwandelt.

Und genau das bietet Alice Weidel.
Sie gibt den Menschen einen Sündenbock: Migranten, „die da oben", die Medien.

Sie gibt den Menschen eine einfache Lösung: „Wenn wir nur die Grenzen dicht machen, wird alles besser."

Sie gibt den Menschen ein Gefühl von Kontrolle: „Wir holen uns unser Land zurück."

Dass diese Parolen oft nichts mit der Realität zu tun haben? Egal. Es fühlt sich gut an, sie zu glauben.

Populismus lebt von diesem Bauchgefühl.
Von dem Drang, die Welt nicht mit Fakten, sondern mit Emotionen zu erklären.
Er ist nicht logisch, sondern intuitiv.
Nicht sachlich, sondern roh.
Deshalb ist er so mächtig.

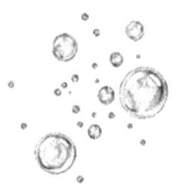

DIE STRATEGIE DER VERDREHUNG

Wenn Hitler links wird

Eine beliebte Taktik populistischer Politik ist es, die Geschichte umzuschreiben. Die AfD behauptet zum Beispiel gerne, dass Hitler ein Linker war.

Das klingt für Historiker wie purer Unsinn – schließlich war die NSDAP eine zutiefst rechte Bewegung, die sich selbst als „nationalsozialistisch" bezeichnete, aber mit Sozialismus nichts am Hut hatte.

Aber darum geht es nicht.

Die AfD verfolgt damit eine simple Strategie:

Wenn Hitler „links" war, dann kann man jede Kritik an der AfD als „typisch linke Hetze" abtun.

Wenn der Nationalsozialismus „links" war, dann kann sich die AfD als „wahre Konservative" inszenieren.

Wenn Begriffe so lange verdreht werden, bis niemand mehr durchblickt, dann kapituliert die Wahrheit – und nur noch das Bauchgefühl zählt.

Es ist eine klassische Propagandatechnik: Überflute die Menschen mit Lügen, bis sie nicht mehr wissen, was wahr ist.

DAS MÄRCHEN VON DER „ALTERNATIVE"

Protest statt Politik

Viele Menschen wählen die AfD nicht wegen ihres Programms, sondern weil sie die anderen Parteien ablehnen.

Es ist eine Protestwahl, kein Bekenntnis zu den Inhalten.

Manche wählen sie, weil sie wütend auf die Regierung sind.

Andere, weil sie das Gefühl haben, von den Medien belogen zu werden.

Wieder andere, weil sie sich nach einem „starken Staat" sehnen, ohne genau zu wissen, was das bedeutet.

Die AfD ist nicht erfolgreich, weil sie gute Lösungen bietet, sondern weil sie die Wut und Ängste vieler Menschen besser anspricht als andere Parteien.

Letztlich ist es ganz einfach: Viele Menschen sehnen sich nach Führung. Sie wünschen sich eine starke Hand, die ihnen sagt, was richtig und was falsch ist. Sie wollen jemanden, der ihre Ängste versteht und in einfache Feindbilder übersetzt.

Dennoch bleibt die AfD eine demokratisch gewählte Partei.

Der Versuch, sie zu verbieten, wäre der falsche Weg.

Stattdessen muss sie politisch in die Bedeutungslosigkeit gedrängt werden – nicht durch Verbote, sondern durch eine gerechte, ehrliche Politik, die die Sorgen der Bürger ernst nimmt und echte Lösungen bietet.

Wer nach der historischen Entscheidung des Bundesverfassungsgerichts zur Schuldenbremse das Morgenmagazin-Interview zwischen Alice Weidel und Dunja Hayali gesehen hat, muss sich fragen:
Wie lange kann man Fakten noch mit Ignoranz begegnen, bevor es schlichtweg lächerlich wird?

Das höchste deutsche Gericht hat unmissverständlich klargestellt: Die Gesetzgebung zur Schuldenbremse, beschlossen von CDU, CSU, SPD und Grünen, war rechtens.
Doch Frau Weidel? Statt diese Realität anzuerkennen, spuckte sie erneut heiße Luft in die Kamera, fabulierte von angeblichen Rechtsbrüchen und klammerte sich mit der Hartnäckigkeit eines Betonklotzes an ihre alternative Realität.

Hayali jedoch blieb unerbittlich. Immer wieder zog sie Weidel auf den Boden der Tatsachen zurück, ließ keine Ausflüchte durchgehen und konfrontierte sie mit der Realität.
Und Frau Weidel? Winden, ausweichen, um den heißen Brei reden – alles, nur keine Fakten akzeptieren.

Das eigentliche Problem liegt jedoch tiefer:
Warum dürfen Politiker wie Frau Weidel in aller Öffentlichkeit derart faktenresistent auftreten?
Warum müssen Journalisten unermüdlich gegen dieses Lügengebilde ankämpfen?

Ist es nicht längst überfällig, dass klare Urteile auch klare Konsequenzen nach sich ziehen?

Journalismus darf nicht nur hinterfragen – er muss entlarven.
Immer und immer wieder.
Nur so wird auch dem letzten Michel klar, dass es noch dümmere Menschen gibt, die nennt man Politiker.

DIE EWIGE SUCHE NACH SÜNDENBÖCKEN

Seit jeher haben Herrscher einen Weg gesucht, von ihrem eigenen Versagen abzulenken. Wenn das Volk hungerte, wenn Kriege verloren gingen oder die Wirtschaft zusammenbrach, lag die Schuld niemals bei der Elite.

Es waren immer die anderen.
Fremde Mächte, innere Feinde, Minderheiten, die angeblich gegen das Wohl des Landes arbeiteten.
Schon im Mittelalter suchten Könige und Fürsten nach Sündenböcken – sie entfesselten Kriege gegen Nachbarreiche oder beschuldigten Hexen und Dämonen, für Missernten und Seuchen verantwortlich zu sein.

Nicht die Herrschenden trugen die Schuld am Niedergang, sondern jene, die sich nicht wehren konnten.

Doch diese Mechanismen gehören nicht der Vergangenheit an. Auch heute noch inszenieren sich Politiker als Opfer dunkler Mächte, wenn ihnen die Macht zu entgleiten droht.

Sie behaupten, Wahlen seien manipuliert, Verschwörungen würden gegen sie geschmiedet, das System sei gegen sie gerichtet. So war es, als Donald Trump die Wahl verlor – anstatt seiner Niederlage einzugestehen, sprach er nur noch von Betrug.

Und nun stellt sich die Frage: Was passiert, wenn er erneut verliert? Wird er diesmal sein Amt räumen?

Oder wird er, wie so viele Herrscher vor ihm, versuchen, das Gesetz zu beugen, um seine Macht zu erhalten – so, wie es Putin tat, als er die Amtszeitbegrenzung aufhob?

Die Geschichte hat gezeigt, dass die Mächtigen selten freiwillig gehen. Und wer erst einmal gelernt hat, wie man die Schuld auf andere schiebt, der wird diese Strategie immer wieder nutzen.

Ähnlich verhält es sich nun mit Sahra Wagenknecht. Nachdem ihre Partei an der 5-Prozent-Hürde scheiterte, sucht sie den Weg vors Verfassungsgericht.

Statt die politischen Gründe für das Scheitern zu hinterfragen, rückt sie das Wahlsystem in den Fokus – ein Muster, das man von Populisten kennt: Zweifel säen, wenn die Realität nicht den eigenen Erwartungen entspricht.

Nicht seine Politik sei schuld gewesen, sondern ein angeblicher Komplott.

Sahra Wagenknecht hat im Laufe der Zeit einige umstrittene oder haltlose Behauptungen aufgestellt, insbesondere in den Bereichen Migration, Wirtschaft, Demokratie und Medienkritik.

Hier sind einige Beispiele:

Nach dem Scheitern ihrer Partei an der 5-Prozent-Hürde zog Wagenknecht vors Verfassungsgericht und deutete an, dass das Wahlsystem unfair sei. Sie stellte infrage, ob wirklich alle Stimmen korrekt gezählt wurden – ohne Belege. Das erinnert an das Verhalten von Populisten wie Donald Trump, die Wahlergebnisse anzweifeln, wenn sie ihnen nicht passen.

Wagenknecht hat wiederholt behauptet, der Westen sei „mitschuldig" am Krieg in der Ukraine und habe Russland „provoziert".

Dabei ignoriert sie, dass Russland völkerrechtswidrig ein souveränes Land angegriffen hat. Ihre Forderung nach sofortigen Verhandlungen ignoriert zudem, dass Russland aktuell keinen ernsthaften Friedenswillen zeigt.

Sie warnt regelmäßig vor einer „unkontrollierten Masseneinwanderung", das Deutschland „überfordert". Dabei gibt es keine Beweise für eine völlige Unkontrollierbarkeit.

Zudem unterschlägt sie, dass Migration für die Wirtschaft auch positive Effekte hat, etwa in Bereichen mit Fachkräftemangel.

Wagenknecht behauptet oft, Deutschland sei durch die „grüne Klimapolitik" auf dem Weg zur Deindustrialisierung.

Tatsächlich gibt es wirtschaftliche Herausforderungen, aber keine Belege dafür, dass Klimaschutzmaßnahmen der Hauptgrund für wirtschaftliche Probleme sind. Viele Unternehmen investieren gerade wegen der Energiewende in neue Technologien.

Sahra Wagenknecht klagt über eine „gleichgeschaltete Presse" – während genau diese Presse ihr großzügig Mikrofone hinhält, sie von Talkshow zu Talkshow reicht und jede Volte ihres politischen Werdegangs mit größter Aufmerksamkeit begleitet.

Ihr Austritt aus der Linken?

Ein wochenlanges Medienspektakel. Die Gründung ihres Bündnisses? Eine PR-Show mit Titelseiten-Garantie. Welche Partei bekam jemals so viel Sendezeit, bevor sie überhaupt an einer Wahl teilnahm?

Doch wenn ihr die Berichterstattung nicht passt, ist die Presse plötzlich ein Erfüllungsgehilfe dunkler Mächte. Vielleicht ist das eigentliche Problem nicht die „Gleichschaltung" der Medien, sondern dass sie nicht alle nach Wagenknechts Pfeife tanzen.

Zwar gibt es in der Medienlandschaft Probleme, aber die Behauptung, alle großen Medien seien gesteuert oder unterdrückten alternative Meinungen, ist überzogen und spielt Verschwörungstheoretikern in die Hände.

Fazit:
Sara Wagenknecht verwendet oft übertriebene oder falsche Behauptungen, um ein Gefühl der Benachteiligung und Wut zu schüren – ein typisches Muster populistischer Rhetorik.

Ähnlich wie Alice Weidel von der AfD oder Donald Trump in den USA stellt sie sich als Stimme der „unterdrückten Mehrheit" dar und behauptet, dass das politische System und die Medien gegen sie arbeiten.

Trump verbreitete nach seiner Wahlniederlage unbelegte Betrugsvorwürfe, um seine Anhänger zu mobilisieren.

Alice Weidel nutzt ähnliche Strategien, indem sie demokratische Institutionen als manipuliert darstellt und sich als Opfer eines „tiefen Staates" inszeniert.

Sara Wagenknecht folgt demselben Prinzip: Anstatt politische Niederlagen oder Fehler einzugestehen, deutet sie auf eine vermeintliche systematische Benachteiligung hin. Ob in den USA, Deutschland oder anderswo – dieses Muster populistischer Rhetorik dient nicht der Problemlösung, sondern der Spaltung der Gesellschaft.

MÖRDER BLEIBEN MÖRDER

egal, welche Flagge sie schwenken

Mannheim. Aschaffenburg. Frankreich. Schweden. Messerattacken, Amokfahrten, Bomben.

Immer wieder. Immer tödlich. Immer dasselbe Grauen. Jedes Mal wird nach Namen gesucht – nicht nur nach den Namen der Opfer oder Täter, sondern nach Etiketten.

War es ein "islamistischer Terroranschlag"? War es ein "einsamer Wolf"? Warum sagen wir "Amoklauf", wenn der Täter blond und blauäugig ist, aber "islamistischer Terror", wenn er einen Migrationshintergrund hat?

Hier ist die bittere Wahrheit: Ein Mörder ist ein Mörder. Ein Fanatiker ist ein Fanatiker.

Jeder Tat bleibt eine Tat – egal, ob sie unter einer Religion, einer Ideologie oder einer Wahnvorstellung verübt wurde.

Terror ist Terror.

Mord ist Mord.

Es sind immer unschuldige Menschen, die zahlen.

Jedes Opfer ist ein Opfer. Egal, wer das Messer geführt oder den Abzug betätigt hat.

Egal, unter welcher Fahne oder welchem Wahn.

Was bleibt, ist das Leid.

Die zerstörten Familien.

Die Leere, die nichts mehr füllen kann. Und doch drehen sich die Diskussionen nicht um die Opfer, sondern um Schlagworte.

Ich kann das Entsetzen nicht mehr zählen, das mich jedes Mal überkommt, wenn ich die Nachrichten öffne. Diese Momente, in denen man sich fragt: *Was, wenn ich da gewesen wäre?* Was, wenn es meine Familie getroffen hätte? Die verstörende Erkenntnis, dass man zur falschen Zeit am falschen Ort sein kann – und dass es keine Rolle spielt, was man glaubt, wen man liebt oder wie man lebt.

Und dann gibt es diese Millionen von Menschen – Muslime, Christen, Atheisten, Juden, Buddhisten – die einfach nur leben wollen. Die niemanden angreifen. Die niemanden bedrohen. Die jeden Tag arbeiten, lachen, ihre Kinder erziehen.

Doch sie alle werden in Sippenhaft genommen, weil irgendein fanatischer Wahnsinniger glaubt, er hätte das Recht, über Leben und Tod zu entscheiden.

Terror kennt keine Religion.
Kein Glaube rechtfertigt Mord.
Kein Gott befiehlt das Töten Unschuldiger.

Es sind keine Muslime, keine Christen, keine Deutschen oder Migranten, die diese Taten begehen – es sind Fanatiker. Es sind Mörder. Sie haben nur einen einzigen Namen verdient: Terroristen.

Das Schlimmste daran ist.

Ein Attentäter fragt nicht, wen er tötet.

Er schaut nicht nach Pass, Religion oder Herkunft.

Sein Ziel ist es, so viele Menschen wie möglich mit in den Tod zu reißen.
Ob Christ, Muslim, Jude oder Atheist – es ist ihm egal.

In seinen Augen sind wir alle Feinde.

Wir alle sind in Gefahr, solange wir zulassen, dass solche Taten geschehen.

Solange wir uns gegeneinander aufhetzen lassen, anstatt gemeinsam gegen den Wahnsinn zu stehen.

Denn das ist ihr Ziel: Spaltung, Angst, Hass. Aber unser Ziel muss ein anderes sein – die Dinge beim Namen zu nennen, ohne ganze Gruppen zu diffamieren.

Klarzustellen, dass ein Verbrecher nicht für Millionen sprechen kann.

Und niemals darf.

DIE GRÖSSTEN POLITISCHEN BLENDER

Ein Who-is-Who der Inkompetenz

Die Liste der Politiker, die grandios gescheitert sind und trotzdem versuchten, ihre Inkompetenz unter rhetorischem Nebel zu verstecken, ist lang – aber fangen wir mit ein paar besonders glänzenden Beispielen an:

Andreas Scheuer – Der König der Maut-Milliarden.

Hat ein Projekt vor die Wand gefahren, bevor die Schranke überhaupt runterging, und dann so getan, als wäre das alles ein unglückliches Missverständnis. Am Ende zahlte nicht er die Rechnung, sondern die Steuerzahler. Konsequenzen? Natürlich keine.

Ursula von der Leyen – Die Meisterin des Beraterwesens.

Milliarden für externe Berater verpulvert, während in der Bundeswehr Gewehre nicht schossen und Panzer nicht fuhren. Verantwortlich war am Ende natürlich niemand – außer vielleicht die schlechten Aktenführungen.

Karl-Theodor zu Guttenberg – Der Adelige mit dem Copy-and-Paste-Dr. Titel.

Erst als Hoffnungsträger gefeiert, dann über eine Dissertation gestolpert, die mehr fremde Federn hatte als ein Faschingskostüm.

89

Seine Verteidigung?

Ein „übersehener Fehler".

Christine Lambrecht

Verteidigungsministerin, die mit einem Bundeswehr-Hubschrauber lieber ihren Sohn durch die Gegend flog, als sich um die Einsatzfähigkeit der Truppe zu kümmern. Ihre Neujahrsansprache, in der sie zwischen Silvester-Böllern über den Ukraine-Krieg schwadronierte, war dann der endgültige Beweis: Kommunikation war nicht ihre Stärke.

Anne Spiegel

Als Umweltministerin in Rheinland-Pfalz während der Flutkatastrophe lieber in den Familienurlaub nach Frankreich gefahren.

Später eine holprige, selbstmitleidige Rücktrittsrede gehalten, die mehr an einen Schulaufsatz als an ein Staatsamt erinnerte.

Die Liste ließe sich endlos fortsetzen – Politik ist eben auch die Kunst, das eigene Versagen so lange zu verschleiern, bis niemand mehr hinschaut.

Aber wenn wir weltweit schauen, wird's richtig spannend. Inkompetenz gepaart mit Eitelkeit und Vertuschungsversuchen ist ein globales Phänomen.

Hier eine kleine Auswahl der „Elite" des politischen Scheiterns weltweit.

Liz Truss (Großbritannien) Der politische One-Night-Stand

Die Frau, die es schaffte, kürzer im Amt zu bleiben als ein durchschnittlicher Salatkopf im Kühlschrank.

Truss' Wirtschaftspolitik war so katastrophal, dass die Finanzmärkte kollabierten und sie nach nur 49 Tagen als Premierministerin abdankte.

Ihr Versuch, alles mit Durchhalteparolen zu kaschieren, endete in der Lachnummer des Jahrzehnts.

Boris Johnson (Großbritannien) – Der Party-Premier

„Partygate" war nur die Spitze des Eisbergs: Während das Volk im Lockdown saß, feierte Johnson mit Wein und Käse in Downing Street 10. Seine Taktik?

Erst alles abstreiten, dann kleinreden, dann doch ein bisschen zugeben – bis ihn selbst seine eigene Partei nicht mehr ertragen konnte.

Donald Trump (USA) – Der Twitter-Präsident

Von „die größte Amtseinführung aller Zeiten" (die Fotos sagten was anderes) bis hin zu „Covid verschwindet von allein" – Trump war ein Meister darin, Realität zu ignorieren. Seine Lügen und Ausreden waren so zahlreich, dass die „Washington Post" aufgehört hat, sie zu zählen.

Jair Bolsonaro (Brasilien) – Der Regenwald-Zündler

Der brasilianische Ex-Präsident leugnete erst den Klimawandel, dann Corona und schließlich seine eigene Wahlniederlage.
Die Pandemie?
Laut ihm nur eine „kleine Grippe".
Währenddessen starben hunderttausende Brasilianer.
Als es eng wurde, flog er einfach nach Florida.

Nicolás Maduro (Venezuela) – Der Diktator im Krisenmodus

Hat aus einem der reichsten Länder Südamerikas eine wirtschaftliche Ruine gemacht und versucht, die Schuld wahlweise den USA, der Opposition oder dem Wetter zuzuschieben.
Seine Lösung für die Inflation?
Einfach ein paar Nullen von der Währung streichen.

Silvio Berlusconi (Italien) – Der Skandal-Premier

Kaum ein Politiker hat sich so oft selbst gerettet wie er.
Steuerhinterziehung, Korruption, dubiose „Bunga-Bunga-Partys" – Berlusconi hatte für alles eine Ausrede.
Der Trick?
Ein Dauergrinsen, ein bisschen Selbstmitleid und immer wieder ein politisches Comeback.

Viktor Janukowitsch (Ukraine) – *Der goldene Klo-Bruder*

Als die Ukrainer 2014 gegen ihn auf die Straße gingen, floh er – aber nicht, ohne vorher seinen luxuriösen Palast samt **goldenem Klo** in der Eile zurückzulassen.

Hat bis zuletzt behauptet, das Volk stehe hinter ihm. Spoiler: Tat es nicht.

Kim Jong-un (Nordkorea) – *Der „unfehlbare" Führer*

In Nordkorea kann er offiziell nichts falsch machen – aber seine bizarre Mischung aus Propaganda, Hungersnöten und Raketentests spricht eine andere Sprache.
Jedes Versagen wird entweder vertuscht oder auf „imperialistische Feinde" geschoben.

Die Liste könnte endlos weitergehen – Politik ist eben ein Karrieremodell, bei dem selbst das größte Versagen oft nicht das Karriereende bedeutet.

POLITISCHE SKANDAL BLASEN

Es gibt viele politische und wirtschaftliche Blasen weltweit, die Geschichte geschrieben haben.

Hier sind einige der bekanntesten Heißluft Blasen bzw. politische und Finanzskandale:

Watergate

Der Einbruch, der eine Präsidentschaft zerstörte

Es begann mit einem scheinbar banalen Einbruch in das Hauptquartier der Demokratischen Partei im Watergate-Gebäudekomplex in Washington, D.C. – doch dieser kleine, schmutzige Trick entwickelte sich zu einem der größten politischen Skandale der Weltgeschichte.

Denn hinter dem Einbruch steckte nicht etwa eine Gruppe gewöhnlicher Krimineller, sondern Männer mit engen Verbindungen zum Weißen Haus. Und was als Spionageversuch begann, endete mit dem ersten – und bislang einzigen – Rücktritt eines US-Präsidenten.

Richard Nixon hätte vielleicht unbeschadet davongekommen, wäre da nicht sein größtes Problem gewesen: sein eigenes paranoides Misstrauen und seine unstillbare Gier nach Macht. Statt den Vorfall als unglücklichen Alleingang seiner Berater abzutun, verfing er sich in einem Netz aus Lügen, Vertuschungen und Justizbehinderung.

Seine Telefonate wurden mitgeschnitten – auf Tonbändern, die später seine politische Hinrichtung besiegeln sollten.

Als die Presse (allen voran die *Washington Post* mit den legendären Enthüllungsjournalisten Bob Woodward und Carl Bernstein) begann, die Fäden zu entwirren, tat Nixon, was viele Politiker in solchen Momenten tun:

Er dementierte, spielte den Ahnungslosen und redete von einer „Hexenjagd". Doch die Beweise stapelten sich. Als schließlich herauskam, dass Nixon höchstpersönlich die Vertuschung angeordnet hatte, war sein Schicksal besiegelt.

Am Ende blieb ihm nur die Flucht nach vorne: Am 8. August 1974 trat Richard Nixon als Präsident der Vereinigten Staaten zurück – bevor er offiziell aus dem Amt entfernt werden konnte.

Sein Nachfolger Gerald Ford begnadigte ihn später, um „die Wunden der Nation zu heilen" – doch in Wahrheit, um eine weitere öffentliche Demontage zu verhindern.

Watergate wurde zum Synonym für politischen Machtmissbrauch und Vertuschung. Seitdem enden fast alle politischen Skandale in den USA mit einem „-gate" – ein fragwürdiges Erbe für einen Präsidenten, der einst von einer glorreichen zweiten Amtszeit träumte.

Iran-Contra

Waffen, Rebellen und ein Präsident, der sich an nichts erinnert

Es klingt wie das Drehbuch eines schlechten Spionagefilms: Eine Supermacht verkauft heimlich Waffen an einen verfeindeten Staat, um mit dem Geld eine andere, ebenfalls illegale Operation zu finanzieren – und als alles auffliegt, weiß plötzlich niemand mehr etwas davon.

Willkommen bei der Iran-Contra-Affäre, einem der berüchtigtsten politischen Skandale der 1980er-Jahre, bei dem die US-Regierung unter Ronald Reagan mit illegalen Waffendeals, Verfassungsbrüchen und einer kollektiven Amnesie brillierte.

Worum ging's?
Offiziell waren die USA in den 1980ern entschiedene Gegner des Iran, der nach der Islamischen Revolution von 1979 als Feind der westlichen Welt galt.
Gleichzeitig führte die Reagan-Regierung einen Kalten Krieg in Mittelamerika und wollte unbedingt die rechtsgerichteten Contra-Rebellen in Nicaragua unterstützen, die gegen die sozialistische Sandinisten-Regierung kämpften.

Das Problem? Der US-Kongress hatte genau das verboten – per „Boland Amendment", das jegliche US-Hilfe für die Contras untersagte.

Aber was sind schon Gesetze, wenn man eine „gute" Sache finanzieren will?

Die Lösung: Hinter dem Rücken des Kongresses verkaufte die Reagan-Administration heimlich Waffen an den Iran – den erklärten Erzfeind Amerikas – und nutzte die Einnahmen, um die Contra-Rebellen zu finanzieren.

Dass der Iran zu dieser Zeit noch amerikanische Geiseln im Libanon indirekt unterstützte? (Im Libanon hielten pro-iranische Milizen (wie die Hisbollah) amerikanische Geiseln fest.) Washington wollte sie offiziell unbedingt zurückholen.

Ein kleines Detail, das man großzügig ignorierte.

Als es aufflog und die Blase platzte, begann die große Amnesie-Show

Wie jeder gute Skandal begann auch dieser mit einer Panne: Ein libanesisches Magazin enthüllte den geheimen Waffendeal mit dem Iran.

Kurz darauf kam ans Licht, dass die Gewinne direkt an die Contras weitergeleitet wurden.

Die Reaktion im Weißen Haus?

Überraschung und gespielte Empörung.

Reagan schwor zunächst steif und fest, dass es „keinen Waffenhandel mit dem Iran" gegeben habe.

Nur um wenige Tage später in einer Fernsehansprache zuzugeben, dass es „vielleicht doch so ausgesehen haben könnte".

Aber der eigentliche Star des Skandals war der US-Sicherheitsberater Oliver North, der sich mit einer Mischung aus Patriotismus, Dreistigkeit und eiskaltem Pokerface durch die Anhörungen manövrierte.

Als die Beweise gegen ihn und andere Regierungsbeamte erdrückend wurden, griff das Weiße Haus zur bewährten Strategie: Festplatten wurden gelöscht, Dokumente geschreddert, und plötzlich erinnerte sich niemand mehr an irgendetwas.

Reagan selbst lieferte eine der legendärsten politischen Verteidigungen aller Zeiten:

„Ich habe mich nicht erinnert, dass ich mich erinnert habe, aber ich erinnere mich auch nicht daran, es vergessen zu haben."

Kurz gesagt: Die Regierung hatte keine Ahnung, was sie tat, aber sie tat es trotzdem – und war sich dann plötzlich sicher, dass sie sich an nichts erinnern konnte.

Die Konsequenzen?

Mehrere hochrangige Regierungsmitglieder wurden angeklagt, einige sogar verurteilt – doch am Ende kam keiner von ihnen wirklich hinter Gitter.

George H.W. Bush, damals Vizepräsident und später Reagans Nachfolger, begnadigte die letzten verbliebenen Angeklagten, bevor es für sie ernst werden konnte. Reagan selbst überstand den Skandal weitgehend unbeschadet, weil er entweder ein brillanter Schauspieler oder wirklich vergesslich war.

Am Ende war die Iran-Contra-Affäre ein Paradebeispiel für politische Doppelmoral:

Offiziell: „Wir verhandeln nicht mit Terroristen.“ Inoffiziell: „Hier sind ein paar Raketen, bitte einfach bar zahlen.“

Die Affäre zeigte der Welt, dass die US-Regierung Gesetze nach Belieben umging, solange es geopolitisch nützlich war – und dass mit genügend Dreistigkeit und einem gut gespielten Gedächtnisverlust sogar der größte Skandal einfach verpuffen konnte.

Kurz gesagt: Die USA lieferten Waffen an einen Feind, um Geiseln freizubekommen, und nutzten das Geld, um verbotene Kriege zu führen. Klingt verrückt?

War es auch - Die Contra-Rebellen waren für Massaker an Zivilisten bekannt – und wurden trotzdem von den USA finanziert – Doppelmoral par excellence!

Die Lewinsky-Affäre

Ein Präsident, eine Praktikantin und eine sehr unglückliche Wortwahl

Es gibt politische Skandale, die sich um Korruption, Kriegsverbrechen oder illegale Waffendeals drehen.
Dann gibt es noch die **Lewinsky-Affäre** – ein Skandal, der sich um eine Zigarren-Anekdote, ein blaues Kleid spur und eine der dreistesten Lügen unter Eid drehte.
Es war die größte politische Seifenoper der 1990er-Jahre, die beinahe den Präsidenten der Vereinigten Staaten zu Fall gebracht hätte.

Eine Verbotene Romanze im Oval Office war der Anfang. Bill Clinton, 42. Präsident der USA, charismatisch, redegewandt und mit einer gewissen Schwäche für Praktikantinnen, lernte 1995 die damals 22-jährige Monica Lewinsky kennen.

Sie war eine unbezahlte Praktikantin im Weißen Haus, und Clinton – damals 49 Jahre alt, verheiratet mit Hillary Clinton – konnte der Versuchung nicht widerstehen.

Zwischen den beiden entspann sich eine geheime Affäre, die in 9 „intimen Begegnungen" im Weißen Haus gipfelte oder wie Clinton später behauptete:
„Ich hatte keine sexuelle Beziehung mit dieser Frau, Miss Lewinsky."

Dumm nur, dass Monica Lewinsky nicht nur Briefe, Geschenke und Erinnerungen an die Liaison hatte, sondern auch ein blaues Kleid mit verdächtigen Flecken, das politische Beweisstück des Jahrzehnts.

Bühne frei von einem Seitensprung zum Staatskrimi

Eigentlich wäre diese Geschichte niemals öffentlich geworden, hätte sich Lewinsky nicht ihrer vermeintlichen Freundin *Linda Tripp* anvertraut.

Die sich allerdings als Doppelagentin des Klatschs entpuppte. Tripp zeichnete Gespräche mit Lewinsky heimlich auf, in denen sie über die Affäre mit Clinton sprach.

Die Aufnahmen landeten bei Kenneth Starr, einem Sonderermittler, der ursprünglich mit einer Untersuchung zu Clintons umstrittenen Immobiliengeschäften (Whitewater-Affäre) beauftragt war – und sich plötzlich in einer Sex-Skandal-Ermittlung wiederfand.

Als Clinton schließlich unter Eid über die Affäre aussagen musste, entschied er sich für eine der berühmtesten Lügen der modernen Politikgeschichte: *„I did not have sexual relations with that woman, Miss Lewinsky.“*

Spoiler: Doch, hatte er.

Und das Problem war nicht einmal die Affäre an sich – die war moralisch fragwürdig, aber nicht illegal.

Das Problem war, dass Clinton unter Eid log.

Das machte die ganze Geschichte plötzlich zu einer handfesten Verfassungskrise.

Als die Wahrheit nicht mehr zu leugnen war, ging Clinton in die Offensive: Er entschuldigte sich live im Fernsehen – aber erst, nachdem er erwischt wurde.

Die Republikaner im Kongress sahen ihre Chance und leiteten ein Impeachment-Verfahren (Amtsenthebung) ein.

Der Vorwurf: Meineid und Behinderung der Justiz.

Die USA waren gespalten:

Die einen fanden, dass eine außereheliche Affäre kein Grund für eine Amtsenthebung sei. Die anderen sahen in Clintons Lügen ein ernsthaftes Verbrechen.

Am Ende überstand Clinton das Verfahren – der Senat stimmte nicht mit der nötigen Zweidrittelmehrheit für seine Absetzung.

Das Nachspiel?

Bill Clinton: Überstand das Impeachment, beendete seine Amtszeit, wurde später als Elder Statesman gefeiert und gilt heute als einer der beliebtesten Ex-Präsidenten der USA.

Monica Lewinsky: Wurde zur meistgedemütigten Frau der 90er, jahrelang durch die Medien gezerrt – bis sie sich neu erfand und zur scharfsinnigen Kritikerin von Cybermobbing wurde.

Linda Tripp: Wurde zur Verräterin der Nation erklärt und zog sich ins Privatleben zurück.

Hillary Clinton: Stand eisern zu ihrem Mann, baute ihre eigene politische Karriere auf – und wurde 2016 beinahe US-Präsidentin.

Am Ende wurde Clinton nicht durch seine Affäre besiegt, sondern durch etwas viel Typischeres für Politiker: eine unverschämte Lüge, die er nicht hätte erzählen müssen. Hätte er einfach von Anfang an gesagt: *„Ja, ich habe Fehler gemacht"*, wäre es vermutlich nie zu einem Impeachment gekommen.

Aber wie so oft in der Politik war nicht die Tat das Problem – sondern das Vertuschen.

Die moralische Lektion?
Wenn du schon das mächtigste Amt der Welt innehast, sei wenigstens clever genug, dein schmutziges Wäscheproblem nicht öffentlich zu hinterlassen.

Cambridge Analytica

Wie ein Facebook-Quiz die Demokratie zerstörte

Stell dir vor, du klickst auf ein harmloses Quiz: *"Welcher Disney-Prinz bist du?"* – und zack, hast du gerade Wahlkampfmunition für Trump geliefert.

Klingt absurd?

Willkommen im Cambridge-Analytica-Skandal!

Eine Skandal-Blase darüber, wie eine britische Datenfirma mit geklauten Facebook-Infos die halbe Welt manipulierte.

Das war Datenraub Deluxe.

Cambridge Analytica hat nicht einfach nur Daten gesammelt – sie haben Facebook komplett ausgesaugt. Bis zu 87 Millionen Nutzer wurden ohne ihr Wissen analysiert, filetiert und in hübsche psychologische Schubladen gesteckt:

Leicht beeinflussbar?
Perfekt, hier ein Fake-Artikel über Hillarys „geheime" Kindersex-Sekte.
Wütend auf die EU?
Glückwunsch, hier ein emotional aufgeladenes Video über „Brüssel, das deine Freiheit frisst".

Mit diesem perfiden Wissen konnte man gezielt Wähler aufhetzen – für Donald Trump in den USA und für den Brexit in Großbritannien.

Und das Beste?

Die Leute hatten keine Ahnung, dass sie Teil einer riesigen Gehirnwäsche-Operation waren.

Facebook: Der unschuldige Mittäter

Was machte Facebook?

Erst mal nichts. Mark Zuckerberg saß grinsend auf seinem Datenberg, bis der Skandal 2018 aufflog.

Dann tat er so, als wäre er völlig überrascht – als hätte er nicht jahrelang genau von solchen Praktiken profitiert.

Am Ende zahlte Facebook eine Strafe von 5 Milliarden Dollar – das digitale Äquivalent eines Strafzettels für Falschparken.

Der Clou: Niemand wurde wirklich bestraft!!!

Cambridge Analytica?

Ging pleite, aber die Köpfe dahinter gründeten einfach neue Firmen.

Facebook? Wurde reicher denn je.

Trump? Wurde Präsident.

Brexit? Geschafft.

Am Ende blieb der dumme User?

Scrollt weiter durch seinen Feed, gibt freiwillig neue Daten her und klickt auf das nächste „Welcher Superheld bist du?"-Quiz. Die perfekte Manipulation ist die, die keiner bemerkt.

Fazit: Die Demokratie wurde nicht erobert, sie wurde *gelikt, geteilt und gesponsert.*

Auch in Deutschland und der EU gab es in den letzten Jahrzehnten viele politische Skandale und Blasen.
Hier sind einige der bekanntesten:

CDU-Spendenaffäre:
Kohls „Ehrenwort" und die verbrannte Hand der Ehrlichkeit

Ich hätte damals für Helmut Kohl meine Hand ins Feuer gelegt. So überzeugt war ich von seiner Ehrlichkeit.
Autsch – Hand verbrannt!

Denn während ich noch dachte, der "Kanzler der Einheit" sei das personifizierte Anstandsgefühl, werkelte er fleißig an schwarzen Kassen.

Millionen an illegalen Parteispenden flossen durch dunkle Kanäle der CDU – Geld, dessen Herkunft bis heute im Dunkeln liegt.

Als der Skandal aufflog?
„Ich habe mein Ehrenwort gegeben!"
Ja, wirklich.
Mehr hatte Kohl nicht zu sagen.
Keine Namen der Spender, keine Reue – nur das heilige Ehrenwort eines Mannes, der damit sein eigenes politisches Vermächtnis abfackelte.
Während er sich in Schweigen hüllte, brannte das Vertrauen in ihn lichterloh.

Der Skandal riss nicht nur Kohl, sondern auch Wolfgang Schäuble mit ins Verderben. Die CDU taumelte, Angela Merkel nutzte das Chaos, zog elegant an Kohl vorbei und sicherte sich den Parteivorsitz – mit einem kühlen Verrat, den Machiavelli persönlich nicht besser hätte schreiben können.

Und was bleibt?
Ein verbranntes Ehrenwort, ein Kanzler mit Erinnerungslücken und eine schmerzhaft erkannte Lektion: Politiker schwören oft auf ihre Ehrlichkeit,
bis sie erwischt werden.

"Hot Bubbles: Maskenaffäre"
Wenn Krisen Kassen füllen.

Während die Intensivstationen überliefen und Pflegekräfte um ihr Leben schufteten, gab es eine ganz andere Gruppe, die in der Corona-Krise ins Schwitzen kam – aber nur, weil sie ihre Taschen so hastig mit Geld vollstopfte.

Politiker wie Georg Nüßlein und Nikolas Löbel sahen in der Pandemie weniger eine Gesundheitskrise als vielmehr eine goldene Geschäftschance.

Mit fragwürdigen Masken-Deals verdienten sie sich eine goldene Nase – auf Kosten der Steuerzahler und mitten in einer der schlimmsten Krisen der jüngeren Geschichte.

Die Empörung war groß – zu Recht. Doch wirklich überrascht? Eher nicht.

Schließlich haben sich manche Politiker schon immer mehr für persönliche Profitmaximierung als für das Wohl der Bürger interessiert.

Masken schützen – aber offenbar nicht vor Gier.

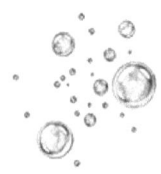

"Wirecard-Skandal"

Ein Finanzthriller Made in Germany.

Stellen wir uns vor: Ein milliardenschwerer Zahlungsdienstleister erfindet jahrelang Umsätze, täuscht Wirtschaftsprüfer, verarscht Investoren und keiner merkt es.

Klingt wie ein schlechter Krimi?
Willkommen beim Wirecard-Skandal – dem größten Finanzbetrug der deutschen Nachkriegsgeschichte.
Wirecard war nicht einfach nur ein windiger Laden mit ein paar geschönten Zahlen.
Nein, hier wurde im großen Stil gefälscht, manipuliert und gelogen – und das über Jahre hinweg.
Milliarden Euro, die angeblich auf philippinischen Treuhandkonten lagen, existierten schlicht nicht.
Doch statt Alarm zu schlagen, feierten Politiker und Wirtschaftsprüfer das Unternehmen als deutsche Tech-Sensation. Schließlich wollte man auch in Deutschland ein eigenes Silicon Valley – und wenn die Zahlen nicht stimmten, dann mussten sie eben passend gemacht werden.

War hier keine Aufsicht?
Ach ja, die hätte eigentlich einschreiten sollen.

Doch das Bundesfinanzministerium unter Olaf Scholz und die Finanzaufsicht BaFin spielten lieber Blinde Kuh.

Während investigative Journalisten längst die Unstimmigkeiten aufdeckten, verteidigte man in Berlin den DAX-Konzern und ging sogar gegen die Kritiker vor.

Dass Wirecard-Chef Markus Braun und sein mysteriöser Komplize Jan Marsalek derweil ungestört ihr Betrugsimperium weiterführten, störte niemanden.

Marsalek setzte sich rechtzeitig ab – vermutlich mit Diplomatenpässen und einer Fluchtstrategie, die aus einem Bond-Film stammen könnte.

Am Ende blieben geprellte Investoren, eine zerstörte Unternehmenslandschaft und ein Finanzministerium, das sich mit Ausreden herauszuwinden versuchte.

Die Lehre aus dem Skandal?
Eigentlich keine – denn während die Verantwortlichen größtenteils ungeschoren davonkamen, bleibt Deutschland weiterhin ein Paradies für Wirtschaftsprüfer, die lieber wegschauen, und eine Finanzaufsicht, die erst reagiert, wenn die Asche des Skandals längst verglüht ist.

Wirecard war ein Betrug. Aber der eigentliche Skandal? Dass so viele mit offenen Augen weggeschaut haben.

Ach, ich habe noch eine Hot Bubble mit Olaf Scholz.

Cum-Ex & Warburg
Olaf Scholz und das große Vergessen

Steuern sind für den kleinen Mann.

Für die ganz Großen gibt es Cum-Ex.

Und wenn mal was schiefgeht?

Dann gibt es freundliche Gespräche mit der Politik. So zumindest lief es in Hamburg, als Olaf Scholz Bürgermeister war – und die Warburg-Bank mitten im Cum-Ex-Steuerskandal steckte.

Zur Erinnerung: Cum-Ex-Geschäfte sind nichts anderes als organisierter Steuerraub.

Banken und Investoren ließen sich eine einmal gezahlte Kapitalertragsteuer mehrfach erstatten – Geld, das nie hätte zurückfließen dürfen.

Der Schaden für den Staat?

Milliarden. Einer der Beteiligten: die traditionsreiche Hamburger Warburg-Bank.

Das Problem: Das Finanzamt wollte plötzlich 47 Millionen Euro von Warburg zurückhaben.

Die Lösung? Ein paar freundliche Treffen mit dem damaligen Bürgermeister Olaf Scholz.

Und wie durch ein Wunder entschied das Finanzamt danach, das Geld nicht zurückzufordern.

Zufall? Reiner Verwaltungsakt?

Oder politischer Einfluss?

Scholz selbst konnte sich später an die Gespräche mit Warburg-Chef Christian Olearius kaum erinnern. Gedächtnislücken im XXL-Format.

Dummerweise tauchten dann Tagebuchnotizen von Olearius auf, die ein ganz anderes Bild zeichneten. Die Sache stank gewaltig – und wurde trotzdem nie richtig aufgeklärt.

Natürlich hat Scholz alles abgestritten. Keine Einflussnahme, keine Erinnerung, keine Schuld. Und so wurde aus dem "Kanzler des Vertrauens" ein Meister des Vergessens.

Cum-Ex war ein Skandal.

Dass die Politik Banken dabei half, Steuern zu sparen, erst recht.

Doch der größte Witz?

Dass Scholz bis heute so tut, als hätte er mit der ganzen Sache nichts zu tun.

"Copy, Paste, Karriere"
Die dreiste Kunst des Abschreibens

Doktortitel in der Politik sind wie teure Handtaschen: Man trägt sie gerne zur Schau, aber die wenigsten interessieren sich wirklich dafür, woher sie kommen.

Blöd nur, wenn sich herausstellt, dass das teure Stück eigentlich ein billiges Imitat aus der Fußgängerzone ist.

Willkommen in der Welt der politischen Plagiatoren – wo „geistiges Eigentum" ein dehnbarer Begriff ist und die einzige echte Wissenschaft die des Vergessens ist.

Guttenberg: Der Freiherr der Fußnoten
Karl-Theodor zu Guttenberg, der Liebling der Konservativen, der Mann mit dem Adelstitel und der perfekten Tolle – und nebenbei ein Abschreibkünstler erster Güte.
Seine Doktorarbeit? Ein Sammelsurium aus fremden Texten, zusammengekleistert wie eine Collage aus Wikipedia-Artikeln.
Als die Uni Bayreuth ihm den Titel entzog, jammerte er von „handwerklichen Fehlern".
Aber mal ehrlich: Wer ganze Seiten wortwörtlich übernimmt, ohne es zu kennzeichnen, ist kein vergesslicher Student, sondern ein Hochstapler.

Schavan: Vom Bildungsministerium zur Blamage

Annette Schavan war als Bundesbildungsministerin für Bildung und Wissenschaft zuständig – ironischerweise hat sie genau dort selbst gemogelt.

Als ihr Plagiat aufflog, kämpfte sie bis zuletzt, wollte sich nicht mit Guttenberg vergleichen lassen. Doch die Uni Düsseldorf sah das anders und kassierte ihren Titel ein. Peinlich für eine Frau, die jahrelang für akademische Integrität predigte.

Ihre Strafe?

Ein Botschafterposten im Vatikan. Halleluja.

Giffey: Die unkaputtbare Plagiatorin

Dann kam Franziska Giffey – die Königin der Resilienz. Während andere Plagiatoren untergingen, tanzte sie einfach weiter durch die politische Landschaft.

Erst leugnete sie, dann verteidigte sie sich, dann wurde ihr der Doktorgrad aberkannt.

Konsequenz?

Rücktritt als Familienministerin – aber Schwupps, ein paar Monate später war sie Regierende Bürgermeisterin von Berlin.

Fazit: In Deutschland kann man mit geklauter Wissenschaft keine Doktorin bleiben, aber problemlos eine Stadt regieren.

Moral? Gibt's nicht.

Während normale Studenten für ein fehlendes Komma in der Zitation Punktabzug kassieren, können sich Politiker durch fremde Texte wühlen wie ein Waschbär durch eine Mülltonne – und trotzdem Karriere machen.

Die Empörung ist laut, aber die Erinnerung kurz. Und während ehrlicher Wissenschaftler sich durch endlose Fußnoten quälen, reicht manchen eine Copy-Paste-Tastenkombination, ein entschuldigender Blick und ein neues Amt.

Ach da fällt mir ein Song von Prinzen ein:

„Alles nur geklaut – Refrain zum Mitsingen"

Denn das ist alles nur geklaut (eo eo)
Das ist alles gar nicht meine (eo)
Das ist alles nur geklaut (eo eo)
Doch das weiß ich nur ganz alleine (eo)
Das ist alles nur geklaut,
und gestohlen, nur gezogen, und geraubt
Entschuldigung, das hab ich mir erlaubt.

BER: Berliner Flughafen
der zu spät kam, trotzdem niemanden überraschte.

Manche Bauprojekte dauern lange. Und dann gibt es den Berliner Flughafen. Eine Lachnummer in Beton gegossen, ein deutsches Prestigeprojekt, das eher an eine Slapstick-Komödie erinnert als an Ingenieurskunst.

Geplant war der BER für 2012. Klingt realistisch, oder? Schließlich reden wir von Deutschland, dem Land der Effizienz, der pünktlichen Züge und… oh, Moment.

Jedenfalls standen 2012 alle bereit zur Eröffnung: Politiker, Presse, VIPs. Nur ein kleines Detail fehlte – der fertige Flughafen. Brandmeldeanlagen funktionierten nicht, Kabelsalat so chaotisch wie eine Berliner Baustellenampel, Planungsfehler ohne Ende. Ergebnis? Die Eröffnung wurde verschoben. Und nochmal. Und nochmal.

Jedes Jahr aufs Neue verkündeten die Verantwortlichen trotzig: *„Wir haben den Eröffnungstermin fest im Blick."*
Klar – aber mit beiden Augen zu.
Der BER wurde zum Running Gag, zur Dauerbaustelle, zur unfreiwilligen Sehenswürdigkeit.
Der Witz? Während Berlin versuchte, einen Flughafen zu bauen, eröffneten in China gleich mehrere gigantische Airports – in Rekordzeit.

Und die Kosten? Ursprünglich mal bei zwei Milliarden Euro angesetzt. Am Ende waren es über sechs Milliarden. Deutsche Steuerzahler durften also nicht nur auf ihren Flug warten, sondern auch noch die Rechnung zahlen.

Als der BER dann endlich 2020 eröffnete – fast zehn Jahre verspätet – war der große Ansturm… ausgeblieben. Pandemie, leere Terminals, kaum Passagiere. Perfekte Ironie: Endlich war der Flughafen fertig – aber keiner wollte fliegen.

Die Moral von der Geschichte?
Andere Länder schicken Raketen auf den Mars, Deutschland braucht fast 15 Jahre, um eine funktionierende Rolltreppe zu bauen.
Der BER steht nicht nur für Missmanagement, sondern für ein ganzes System, in dem sich Politiker und Bauherren auf Prestige feiern, während Steuerzahler und Passagiere in die Röhre gucken.

Aber hey, wenigstens gibt es jetzt genug Zeit, um sich in Ruhe das nächste Berliner Großprojekt zu planen.

Ach das gibt's schon"
Nicht in Berlin, sondern in Stuttgart.
„Stuttgart 21", jetzt haben wir erst 2025 bis Stuttgart 31!

EU & INTERNATIONALE HOT BUBBLES

Lux Leaks:
Steuerparadies für Milliardäre, Rechnung für den Rest"

Steuern zahlen ist was für den kleinen Mann. Für Großkonzerne gibt's Luxemburg. Willkommen im Steuerparadies, wo Milliarden verschwinden – ganz legal, versteht sich.

2014 enthüllten die Lux Leaks, was viele längst ahnten: Luxemburg war nicht nur für seine Banken, Schokolade und Briefkästen bekannt, sondern vor allem für seine maßgeschneiderten Steuerdeals.

Hunderte Großkonzerne – Amazon, Apple, Pepsi, IKEA – schoben hier ihr Geld durch komplizierte Konstrukte, zahlten lächerlich geringe Steuersätze und lachten sich ins Fäustchen.
Möglich machte das ein System, das über Jahre politisch gewollt und gefördert wurde. Und wer saß an den Schalthebeln dieses Geldverstecks? Jean-Claude Juncker.

Als Premierminister Luxemburgs hatte Juncker jahrelang daran gearbeitet, sein Land zur inoffiziellen Steueroase Europas zu machen. Unternehmen zahlten auf dem Papier brav ihre Abgaben – nur halt nicht da, wo sie ihre Milliarden verdienten. Sondern in Luxemburg, wo die Steuerquote oft gegen Null tendierte.

Während Mittelständler und Bürger in anderen EU-Ländern brav ihre Steuern entrichteten, spielten multinationale Konzerne eine ganz andere Liga: „Tricksen, tarnen, Steuern sparen."

Und als der Skandal dann platzte? Juncker gab sich unschuldig: „Ich bin politisch verantwortlich, aber nicht schuldig." Großartige Verteidigung – perfekt für jede Situation.

Bank ausgeraubt? „Ich bin verantwortlich, aber nicht schuldig." Steuermilliarden verschenkt? „Ich bin verantwortlich, aber nicht schuldig."

Doch anstatt Konsequenzen zu ziehen, wurde Juncker später sogar EU-Kommissionspräsident – quasi als Belohnung dafür, Europas Steuersystem ad absurdum geführt zu haben.

Die Botschaft war klar: „Steuerflucht lohnt sich – wenn man in den richtigen Kreisen verkehrt."

Moral von der Geschichte?

Während normale Bürger jeden Cent auf ihrer Lohnabrechnung versteuern, bekommen Konzerne auf EU-Ebene eine VIP-Behandlung mit Sonderrabatt. Luxemburg bleibt ein Steuerparadies, Juncker machte Karriere – und die Steuerzahler?

Die bezahlen weiter.

Oder wie es bei den Reichen und Mächtigen heißt: „Gesetze sind da, um kreativ genutzt zu werden."

"Dieselgate Bubble"

Der größte Dreckskandal, den Deutschland je schöngeredet hat.

Saubere Diesel?
Ja klar, und Kühe furzen Rosenwasser.

Willkommen bei Dieselgate, dem Moment, in dem die deutsche Autoindustrie bewiesen hat, dass sie nicht nur Autos bauen, sondern auch dreist lügen kann.

Die Masche war simpel: Anstatt saubere Motoren zu entwickeln, entwickelte VW eine Software, die nur so tat, als wäre der Diesel sauber.

Sobald das Auto auf dem Prüfstand stand, lief alles wie geschmiert – keine Stickoxide, keine Probleme. Doch auf der Straße? Puff! Plötzlich pusteten die Fahrzeuge bis zu 40-mal mehr giftige Abgase raus als erlaubt.

Und das Beste? Millionen Kunden hatten keine Ahnung.

VW & Co: Betrügen, lügen, abkassieren bei uns in Deutschland. Ich dachte bei uns gibt's keine Korruption.

Als das Ganze 2015 in den USA aufflog, gab's dort Milliardenstrafen und Rückrufaktionen.

Doch in Deutschland?

War die Empörung groß – und die Konsequenzen gleich null. Politiker zeigten sich „erschüttert", Manager entschuldigten sich mit bedeutungsvollen Blicken – und dann? Nichts.

Die Regierung hätte knallhart durchgreifen können. Tat sie aber nicht. Schließlich hängen hunderttausende Jobs und jede Menge Parteispenden an der Autoindustrie. Stattdessen? Alberne Software-Updates und das große Weiter-so. Während amerikanische Kunden satte Entschädigungen bekamen, hieß es für europäische Käufer: „Ja, Pech gehabt."

Wer war verantwortlich?

Keiner, natürlich, keiner wanderte in den Knast.

Ein paar VW-Bosse mussten gehen – natürlich mit goldenen Fallschirmen und Millionenabfindungen.

Der Rest blieb einfach auf seinem Chefsessel sitzen, grinste und kassierte weiter.

Die Politik? Komplize statt Kontrolleur.

Die deutsche Regierung war nicht Opfer, sondern Mittäter. Denn während der Autoindustrie jahrelang betrog, haben Behörden einfach weggeschaut. Und warum? Weil die gleichen Politiker, die sich später empörten, schon immer willige Steigbügelhalter der Konzerne waren.

Anstatt harte Strafen zu verhängen, kam die große Schutzaktion: „Wir können doch unsere Vorzeigeindustrie nicht bestrafen!" Und so blieb es bei symbolischen Geldbußen, ein paar Imageschäden – und einem ungebremsten „Weiter so".

Die Moral von der Geschichte?

€   Die Autokonzerne haben betrogen.
€   Die Politik hat es gedeckt.
€   Die Umwelt hat verloren.
€   Die Kunden haben draufgezahlt.
€   Die Manager? Die haben Boni kassiert
      und Champagner bestellt.

Und das nächste Mal, wenn dir ein Hersteller erzählt, sein neuer Diesel sei „sauberer denn je" – dreh einfach das Fenster runter und genieße die Stickoxide.

Malta Bubble

Wo Korruption regiert und Journalisten sterben.

Malta – die kleine Sonneninsel im Mittelmeer, wo man nicht nur perfekt Urlaub machen, sondern auch Schwarzgeld verstecken, Politiker kaufen und Morde in Auftrag geben kann. Ein echtes Paradies – zumindest für Kriminelle mit den richtigen Kontakten.

Daphne Caruana Galizia wusste das. Und das wurde ihr zum Verhängnis.
Sie war die Art Journalistin, die sich nicht einschüchtern ließ. Während andere noch Pressemitteilungen abschrieben, grub sie tief – und fand Dreck.
Viel Dreck.
Sie enthüllte, dass Malta kein Staat war, sondern ein Selbstbedienungsladen für Mafiosi in Nadelstreifen.
Von schmutzigen Geldströmen bis hin zu dubiosen „goldenen Pässen" für zwielichtige Millionäre – sie deckte auf, was niemand wissen sollte.

Und dann, am 16. Oktober 2017, wurde sie in die Luft gesprengt.
Kein Unfall. Kein Zufall! Ein gezielter Mord.

Malta: Ein Staat wie ein Mafia-Klub

Wer war schuld? So ziemlich jeder in der Regierung.

Die Ermittlungen führten direkt ins Herz der Macht – zu Premierminister Joseph Muscat und seinem engsten Kreis. Aber anstatt sofort für Aufklärung zu sorgen, wurde vertuscht, abgelenkt und gelogen. Wie immer.

Es brauchte zwei Jahre internationalen Druck, bis Muscat 2019 endlich abtreten musste – nicht aus Einsicht, sondern weil es politisch nicht mehr anders ging.
Seine Leute? Einige landeten im Knast.
Aber die wahren Drahtzieher? Wahrscheinlich gerade mit Champagner in einer Villa in Dubai.

Die Botschaft des Mordes: Fresse halten oder sterben
Malta hat bewiesen: Korruption ist kein Problem – solange niemand drüber spricht. Daphne Caruana Galizia hat drüber gesprochen. Jetzt ist sie tot.

Und Europa? Hat empört die Stirn gerunzelt, ein paar Resolutionen geschrieben – und ist dann zum Tagesgeschäft übergegangen.
Moral? Gibt's keine.
In Malta kaufst du nicht nur Immobilien – sondern auch Politiker.
Wer zu viel weiß, wird beseitigt.
Und wer sich darüber aufregt, bekommt eine nette Einladung zur nächsten EU-Konferenz, wo über „Pressefreiheit" geredet wird.
Aber hey, wenigstens scheint die Sonne.

Hot Bubble Qatar Gate

EU-Politiker spielen Lobbyhuren für Öl-Milliarden"

Willkommen in der europäischen Demokratie – wo Werte verhandelbar sind und Bestechungsgelder diskret in Louis-Vuitton-Taschen übergeben werden.

Im Zentrum dieses glanzvollen Korruptionsdramas: Eva Kaili, griechische Vizepräsidentin des EU-Parlaments, die offenbar dachte, Politik sei eine Mischung aus Shopping, Schmieren und Schönreden. Sie und andere EU-Abgeordnete sollen dicke Umschläge mit katarischen Bestechungsgeldern kassiert haben – im Gegenzug für nette politische Statements und ein paar bequeme Entscheidungen für das Emirat.

Katar: Menschenrechte?
Egal. Aber die Kohle stimmt.
Katar ist bekannt für Luxushotels, Öl-Milliarden und Arbeitslager, die an moderne Sklaverei erinnern.

Tausende Arbeiter starben beim Bau der WM-Stadien – aber hey, Geld wäscht alle Sünden rein. Und wenn es nicht reicht, stopft man einfach ein paar korrupten EU-Politikern die Taschen voll, damit sie erzählen, wie fortschrittlich und reformfreudig Katar doch sei.

Stellen sie sich mal vor - genau das passierte.

Eva Kaili lobte Katar als „Vorreiter in Menschenrechten" und jeder, der noch ein Minimum an Hirn hatte, musste laut lachen.

Dumm nur, dass belgische Ermittler wenig Sinn für Comedy haben: Im Dezember 2022 flog der Skandal auf. EU-Politiker: Werte predigen, Geld kassieren

Doch seien wir ehrlich: Ist irgendjemand wirklich überrascht? Das EU-Parlament verkauft sich gerne als moralische Instanz, aber wenn es um echte Entscheidungen geht, sind die Taschen oft offener als die Plenarsäle.

Eva Kaili war nicht allein.

Es gab weitere Verdächtige, weitere Bestechungsgelder, weitere katarische Umschläge.

Die Ermittlungen laufen noch – aber wetten, dass am Ende kaum einer wirklich bestraft wird?

Die Moral von der Geschichte?
Menschenrechte sind wichtig – bis genug Geld fließt.
Demokratie? Schön und gut, aber Öl-Milliarden riechen besser.
Wenn ein Politiker Katar lobt, schau nach, ob gerade ein neuer Koffer angeliefert wurde.

Aber keine Sorge – das EU-Parlament wird den Skandal sicher „gründlich aufarbeiten".

Wahrscheinlich mit einem Arbeitskreis, viel heißer Luft und null Konsequenzen.

Business as usual.

WIRTSCHAFTSLÜGEN

Von „blühenden Landschaften" bis zur Finanzkrise

„Die Banken sind stabil, euer Geld ist sicher."
Diverse Finanzminister, wenige Wochen vor diversen
Bankenkrisen.

Ob die Lehman-Pleite 2008, die Griechenland-Krise oder
der Immobilien-Crash – immer hieß es vorher: „Keine
Sorge, alles ist unter Kontrolle."

Bis nichts mehr unter Kontrolle war.

Politiker lieben wirtschaftliche Erfolgsmärchen, weil sie
Wahlen gewinnen. In Deutschland versprach Helmut
Kohl 1990 „blühende Landschaften" im Osten.
Stattdessen folgten Massenarbeitslosigkeit, Treuhand-
Skandale und Abwanderung.

In Großbritannien wurde den Brexit-Wählern
versprochen, dass Millionen in das Gesundheitssystem
fließen würden. Heute fehlen dort Ärzte und
Medikamente.

Die Wahrheit ist: Geld regiert die Politik – nicht der
Wähler. Solange Unternehmen, Banken und Lobbyisten
genug Einfluss haben, wird jede Krise genutzt, um noch
mehr Profit zu machen.

Hot Bubbles in der Wirtschaft

"Enron: Wie man Milliarden verzockt und trotzdem reich bleibt"

Willkommen zum Enron-Skandal, der Mutter aller Finanzlügen! Eine Geschichte über Gier, Betrug und völlige Skrupellosigkeit, in der ein Konzern sich in den Himmel wirtschaftete – mit gefälschten Zahlen, erfundenen Gewinnen und einem Geschäftsmodell, das so solide war wie ein Kartenhaus im Hurrikan.

Das Prinzip? Ganz einfach: Man nehme einen Haufen windiger Finanztricks, ein paar korrupte Wirtschaftsprüfer und einen CEO mit grenzenloser Arroganz – und voilà, schon hat man ein Unternehmen, das Milliarden wert sein soll. Auf dem Papier. In der Realität? Ein gigantisches Luftschloss.

Wie man eine komplette Wirtschaft verarscht
Enron war einst Amerikas Vorzeigekonzern: Energiehandel, smarte Deals, Innovationsführer – bla bla bla. Doch hinter den Kulissen lief ein einziges Betrugsspektakel:

Milliardenschwere Verluste? Kein Problem! Einfach in geheime Schattenfirmen auslagern, damit sie in den Bilanzen nicht auftauchen.

Keine echten Gewinne? Geschenkt! Stattdessen einfach phantastische Profite erfinden und Analysten mit Bullshit-Zahlen füttern.

Aktienkurs im Sinkflug?
Egal! Man sorgt einfach dafür, dass Mitarbeiter ihre Renten in Enron-Aktien investieren müssen – perfekt, um den Kurs künstlich aufzublasen.

Das funktionierte jahrelang. Manager kassierten Millionen-Boni für Gewinne, die es nie gab. Investoren feierten das „Wirtschaftswunder".

Und die Wirtschaftsprüfer von Arthur Andersen, eine der größten Prüfgesellschaften der Welt, hielten brav die Klappe – weil sie mitkassierten.

Und dann? BOOM.
Irgendwann fällt auch der beste Betrug in sich zusammen.
Ende 2001 flog Enron auf – mit einem Knall, der Milliarden verdampfen ließ. Die Aktien rauschten von 90 Dollar auf ein paar Cent.

Anleger verloren ihre Ersparnisse.

Mitarbeiter ihre Jobs und Renten.

Und die Manager? Retteten sich mit dicken Boni und fuhren ihre Yachten in den Sonnenuntergang.

Arthur Andersen?
Zerschlagen. Investoren? Abgezockt.

CEOs? Ein paar wanderten in den Knast – aber nicht
bevor sie ihre Millionen auf sicheren Konten geparkt
hatten.

Die Moral von der Geschichte?
Bilanzen kann man fälschen – wenn man mächtig genug
ist.
Investoren glauben lieber schöne Lügen als unbequeme
Wahrheiten.
Und wenn der Betrug auffliegt? Dann sind die kleinen
Leute die einzigen, die wirklich bluten.

Heute ist Enron nur noch ein Kapitel in den
Wirtschaftsbüchern.
Die Gier aber?
Die lebt weiter.
Ich kann jetzt schon wetten, dass der nächste große
Finanzskandal bereits längst in den Startlöchern steht?

Bernie Madoff: Der König der Finanzgauner

Falls du glaubst, dass Banken die größten Abzocker sind, dann hast du noch nichts von Bernie Madoff gehört – dem größten Finanzbetrüger der Geschichte.

Der Typ war kein kleiner Hochstapler mit gefälschten Schecks – er war die Wall-Street-Version eines Mafia-Bosses.

Ein Mann, der über Jahrzehnte hinweg Investoren abzockte, Milliarden in Luft auflöste und trotzdem jahrelang als Finanzgenie gefeiert wurde.

Sein Trick?
Ein klassisches Schneeballsystem, aber auf Steroiden.
Neue Investoren stecken Geld rein.

Statt echter Gewinne nimmt Madoff einfach das Geld neuer Opfer, um alte Investoren auszuzahlen.

Alle denken: „Wow, der Typ macht unmögliche Renditen!"

Und so wächst die Betrugsmaschine – bis das Kartenhaus irgendwann einstürzt.

Klingt simpel? Ist es auch.
Aber solange alle Geld verdienen (oder denken, dass sie es tun), hinterfragt keiner was.

Wie man 65 Milliarden Dollar verarscht?

Madoff versprach seinen Kunden, was alle hören wollten: Stabile, hohe Gewinne – egal ob die Märkte stiegen oder fielen. Und weil der Mensch gieriger ist als vernünftig, kamen reiche Investoren in Scharen.

Er verarschte die Wall Street, Banken, Stiftungen, Hedgefonds, ja sogar Wohltätigkeitsorganisationen.
Er zog Superreiche über den Tisch und ließ sie dabei noch glauben, sie wären die Glücklichen.

Und als 2008 die Finanzkrise kam?
BUMM!
Die Investoren wollten ihr Geld zurück – doch plötzlich gab es keins mehr. Das ganze Ding war ein gigantischer Fake.

Konsequenzen?
Für ihn ja – für die Wall Street nicht.

Madoff wurde geschnappt und bekam 150 Jahre Knast.

Tausende Investoren verloren ihr komplettes Vermögen.

Einige begingen Selbstmord, darunter auch sein eigener Sohn.

Was machte die Wall Street?

Hat einfach weitergemacht wie immer.

Denn seien wir ehrlich: Der einzige Unterschied zwischen Madoff und den Banken war, dass er erwischt wurde.

Die Moral von der Geschichte?
Wenn du betrügst, dann richtig – dann nennen sie dich eine Finanzgenie.

Gier macht blind – selbst die klügsten Investoren fielen darauf rein.

Die Wall Street?
Hat bis heute nichts daraus gelernt.
Madoff ist tot.
Sein Schneeballsystem auch.
Aber wetten, dass schon längst ein neuer Bernie am Start ist, währen ich diese Geschichte hier schreibe?

Panama Papers

Die Steuertrickser und ihre goldene Parallelwelt

Steuern zahlen? Das ist was für den kleinen Mann.
Die Reichen und Mächtigen dieser Welt haben eine bessere Lösung: Briefkastenfirmen in sonnigen Steueroasen, die so undurchsichtig sind wie ein Ozean voller Tintenschwaben.

2016 platzte die Bombe: Die Panama Papers deckten auf, wie Politiker, Promis, Milliardäre und Firmenbosse Milliarden in Offshore-Konten versteckten. Putin-Vertraute, arabische Könige, FIFA-Funktionäre, Weltkonzerne – sie alle spielten mit.

Während Normalbürger brav ihre Abgaben leisten, parkten diese Herrschaften ihr Geld in Schattenbanken, schön versteckt vor dem Fiskus.

Briefkastenfirmen: Die wahre Kunst des Geldversteckens
Und wie funktioniert's?
Ganz einfach: Gründe eine Firma in Panama, auf den Bahamas oder den Britischen Jungferninseln.

Lass sie von Strohmännern verwalten, damit dein Name nirgends auftaucht.

Leite Millionen durch ein Netz aus Fake-Konten, bis niemand mehr durchblickt.

Zahle NULL Steuern, während du in Talkshows über „soziale Gerechtigkeit" schwafelst.

Und das Beste? Es ist (fast) legal!

Erwischt? Ja. Konsequenzen? Haha, nein.

Als die Panama Papers veröffentlicht wurden, war die Empörung riesig. Politiker versprachen harte Maßnahmen, Reformen, neue Regeln… und dann?

Wurde ein bisschen gegrummelt.

Ein paar Bauernopfer traten zurück.

Aber die meisten machten einfach weiter.

Reiche zahlen keine Strafen – sie zahlen Anwälte.

Die Journalisten, die das alles aufdeckten?

Bekamen Morddrohungen.
Eine von ihnen, Daphne Caruana Galizia aus Malta, wurde später in die Luft gesprengt.

Ein Zufall?

Wohl kaum.

Die Moral von der Geschichte, wenn es überhaupt Moral hier gibt.
Reiche Leute haben ihr Geld nicht auf der Bank – sondern in Panama.
Die Steuerlast ist für den Mittelstand – nicht für die Elite.

Natürlich, wenn ein Politiker über „Transparenz" spricht, dann lach laut und frag ihn nach seinen Offshore-Konten.

Die Panama Papers enthüllten die hässliche Wahrheit über unser System.
Doch geändert hat sich nichts.
Denn solange die Gesetze von denjenigen gemacht werden, die am meisten profitieren, bleibt das Spiel das gleiche.

WER REGIERT DIE WELT?

Staaten, Konzerne oder Milliardäre mit Größenwahn?

Falls du glaubst, dass gewählte Politiker die Welt regieren, dann solltest du dringend aus deinem Dornröschenschlaf erwachen.

Regierungen sind nur die Kulisse.
Die wahre Macht haben diejenigen, die mehr Geld besitzen als ganze Länder – die Milliardäre, die Konzerne, die Oligarchen, die Ölscheichs.

Denn seien wir ehrlich:
Demokratie ist nett, aber Geld regiert.

Während der Durchschnittsbürger Steuern zahlt, wählen geht und sich über Politik aufregt, sitzen ganz andere Leute in den echten Machtzentralen – und sie müssen sich nicht mal zur Wahl stellen.

Die neuen Könige sind Musk, Bezos & Co.

Vergiss Präsidenten und Minister.

Die wahren Herrscher unserer Zeit sind die Superreichen mit ihren Tech-Imperien, Privatinseln und Weltraumspielzeugen.

Elon Musk: Spielt Twitter-Chef, Weltraumbaron und KI-Gott – und entscheidet mit einem Tweet über Aktienkurse, Kriege und Meinungsfreiheit.

Wenn er will, schickt er einfach mal ein paar Satelliten hoch und verändert ganze Kommunikationssysteme.

Ein Mann, der so viel Macht hat, dass selbst Regierungen ihn um Unterstützung bitten müssen.

Jeff Bezos: Beherrscht mit Amazon nicht nur den Handel, sondern auch die Lieferketten, Cloud-Server und die Arbeitsbedingungen von Millionen Menschen. Seine Strategie?

Dumme Politiker erzählen vom „freien Markt", während er sich den Markt einfach kauft.

Ölscheichs: Während der Westen von „grüner Energie" labert, sitzen die Golfstaaten auf gigantischen Ölreserven und wissen genau: Solange die Welt fährt, fliegt und heizt, fließt das Geld in ihre Taschen.

Also kaufen sie Fußballclubs, Luxusyachten und ganze Stadtteile in London – einfach, weil sie's können.

Oligarchen: Wenn du Milliarden in Russland, China oder dem Mittleren Osten machst, gehören dir nicht nur Firmen, sondern gleich ganze Politiker.
Westliche Sanktionen?
Ärgerlich, aber nicht weltbewegend.

Schließlich gibt es immer irgendwo eine Steueroase und eine Regierung, die für ein paar Milliarden gerne beide Augen zudrückt.

Staaten?

Nur noch Marionetten.

Und die Regierungen?

Die tun so, als hätten sie das Sagen – müssen aber in Wirklichkeit kuschen.

Wenn ein Tech-Konzern Steuern sparen will, dann spart er Steuern. Der Staat kann nichts tun, weil die Gesetze von Lobbyisten geschrieben werden.

Wenn ein Ölmagnat den Benzinpreis anheben will, dann steigt der Benzinpreis. Politiker können nur „Entlastungspakete" versprechen, während der Reiche in Dubai lacht.

Wenn ein Milliardär eine neue Technologie kontrollieren will, dann gehört sie ihm. Selbst die mächtigsten Staaten haben keine Kontrolle mehr über Künstliche Intelligenz, das Internet oder soziale Medien.

Die bittere Wahrheit?

Macht gehört nicht mehr den Staaten – sondern denen, die das Geld besitzen.

Der Unterschied zwischen heute und dem Mittelalter? Früher hießen die Herrscher Könige und Kaiser.

Heute heißen sie CEO, Investor oder Shareholder.

Aber die Mechanismen sind die gleichen: Der Reichtum bleibt oben, die Regeln werden von denen gemacht, die ihn besitzen, und das Volk bekommt ein bisschen Brot und Spiele.

Willkommen in der echten Welt. Nicht demokratisch. Nicht gerecht. Aber verdammt profitabel – für die Richtigen.

Elon Musk
Pionier oder gefährlichster Mann der Welt?

Lange galt er als Visionär, als genialer Unternehmer, der die Welt mit Elektroautos, Raumfahrt und Satelliten revolutioniert. Doch inzwischen drängt sich eine unangenehme Frage auf: Ist Elon Musk nicht nur der reichste, sondern auch der gefährlichste Mann der Welt?

Vom Tech-Genie zur politischen Machtfigur?
Musk war nie ein unpolitischer Mensch, aber seine jüngsten öffentlichen Äußerungen und Entscheidungen zeigen eine klare Tendenz: eine Nähe zu rechten bis rechtsextreme Positionen.

Seine Unterstützung für die AfD in Deutschland, seine wiederholten Angriffe auf die Presse und sein Interview mit Alice Weidel sind keine Zufälle – sie sind Kalkül.

Was bedeutet es, wenn ein Milliardär mit weltweiter Macht und Einfluss beginnt, demokratische Grundwerte offen zu hinterfragen?

Seine Plattform X (ehemals Twitter) hat sich unter seiner Führung zu einem Sammelbecken für Verschwörungstheorien, Desinformation und Hetze entwickelt. Wer sich gegen ihn stellt, wird attackiert oder durch algorithmische Änderungen mundtot gemacht. Meinungsfreiheit? Für Musk scheint sie nur zu gelten, wenn sie in sein Narrativ passt.

Ist er der Strippenzieher hinter den Kulissen?
Donald Trump ist ein Populist mit einer großen Klappe. Er redet von Protektionismus, von „America First", von einer Mauer gegen Mexiko.

Doch Musk denkt größer. Viel größer.

Während Trump mit seinen Handelskriegen die Weltwirtschaft destabilisiert, träumt Musk von einer privaten Supermacht, einer, die nicht an Nationalstaaten gebunden ist. Eine, die durch digitale Währungen, private Satellitennetze und Raumfahrt eine völlig neue Form der Macht etabliert.

Sein Einfluss auf Banken und Finanzinstitutionen ist gewaltig.

Unternehmen wie Tesla, SpaceX und Star link bewegen Milliarden, und mit seiner Kontrolle über Kapitalflüsse könnte er Banken unter Druck setzen, um seine Projekte zu finanzieren.

Wenn ein einzelner Mann das globale Finanzsystem indirekt beeinflussen kann, ist das noch Kapitalismus – oder schon eine neue Form der Oligarchie?

Das könnte Demokratie unter Druck setzen.

Während autoritäre Regime in China und Russland längst ihre eigenen „Wahrheiten" erschaffen, beobachten wir nun dasselbe Muster in den USA.

Der Unterschied?

Dort passiert es unter dem Deckmantel der Meinungsfreiheit. Musk nutzt diesen Deckmantel geschickt, um seine eigene Agenda voranzutreiben. Eine, die weniger mit Demokratie und mehr mit unbegrenzter Macht zu tun hat.

Ist Musk ein neuer Julius Caesar, ein Napoleon der Tech-Ära? Vielleicht.

Aber wenn die Geschichte eines lehrt, dann dies:

Je mehr Macht sich in den Händen eines Einzelnen konzentriert, desto größer wird die Gefahr für die Freiheit aller anderen.

ZUKUNFT DER MANIPULATION

In unserer Zeit sind es nicht nur Politiker und Medienmogule, die unsere Wahrnehmung beeinflussen. Künstliche Intelligenz und ausgeklügelte Algorithmen haben das Spiel verändert.

Wer heute mit Microtargeting arbeitet, kann Botschaften so gezielt verbreiten, dass sie genau die richtigen Menschen zur richtigen Zeit treffen – angepasst an ihre Ängste, ihre Hoffnungen, ihre Vorurteile.

Es kaum glauben konnte, wie bereitwillig Menschen in der modernen Welt ihre Privatsphäre aufgeben. Früher brauchte man Spitzel, Verhöre und Drohungen, um an persönliche Informationen zu kommen.

Heute genügt eine smarte Sprachassistenz. Menschen geben freiwillig preis, wann sie nach Hause kommen, was sie kaufen, welche Musik sie hören – nur weil sie zu bequem sind, das Licht selbst einzuschalten.

Während unsere Politiker weiterhin heiße Luft produzieren, während Fake News schneller verbreitet werden als je zuvor, während künstliche Intelligenzen unser Verhalten analysieren und vorhersagen – da bleibt eine Frage offen: Ist das alles wirklich nur Heißluft?

Oder sind wir längst in einer neuen Realität angekommen?

"Big Brother war ein Witz – wir machen's freiwillig!"

Früher hatten Könige Hofnarren, um das Volk abzulenken. Heute haben wir Smartphones, Social Media und endlose Unterhaltung – und wir bezahlen auch noch selbst dafür.

Willkommen in der Ära der perfekten Selbst-überwachung, wo wir freiwillig all unsere Daten, Gedanken und Geheimnisse ins Netz pusten, während wir uns über „Datenschutz" aufregen.

Nimm meinen Arbeitskollegen als Beispiel:
Er hat „Insta" entdeckt.
Ein Wunder der Technik!
Er kann jetzt kurze Videos über sein Leben machen.
Toll! Was macht er?
Er stellt sein gesamtes Leben ins Netz, erzählt von seiner Vergangenheit, zeigt private Bilder und freut sich, dass „so viel möglich ist."

Was er nicht merkt:
Er erschafft gerade sein eigenes digitales Dossier.

Wenn er jetzt jünger wäre?

Tja, dann hätte er spätestens beim nächsten Bewerbungsgespräch ein Problem.

Denn während er denkt, dass seine Clips nur ein paar Likes bekommen, wird ein HR-Algorithmus bereits sein Online-Profil scannen, bewerten und in eine Schublade stecken.

Früher musste man Leute ausspionieren – heute googelt man sie einfach.

Wir sind keine Individuen mehr – wir sind Datensätze.

Unsere Vorlieben? Getrackt.

Unser Verhalten? Analysiert.

Unsere Gedanken? Manipuliert.

Jeder Klick, jedes Like, jede Suchanfrage wird gesammelt, gespeichert, ausgewertet. Wir denken, wir nutzen Technologie – in Wahrheit nutzt Technologie uns.

Aber das Beste? Keiner zwingt uns.
Wir liefern uns freiwillig aus.

„Ich habe doch nichts zu verbergen!" – Bis du herausfindest, dass deine Krankenkasse plötzlich höhere Beiträge verlangt, weil du zu oft nach „Symptome von Bluthochdruck" gegoogelt hast.

„Ist doch nur Spaß!" – Bis dein Partyvideo von 2014 plötzlich bei deinem neuen Chef landet. „Ich entscheide selbst, was ich poste." – Klar, aber der Algorithmus entscheidet, was du siehst und was du denkst.

Brot und Spiele – nur digital.

Wir regen uns über Überwachung auf, aber wir selbst geben bereitwillig mehr von uns preis, als George Orwell sich je hätte vorstellen können.

Statt Stasi-Akten gibt's jetzt Facebook-Timelines.

Statt Überwachungskameras gibt's Instagram-Storys.

Statt staatlicher Propaganda gibt's TikTok-Trends, die uns erzählen, was wir cool zu finden haben.

Und das Beste? Wir lieben es.
Wir scrollen, liken, sharen, posten – während Tech-Giganten mit unseren Daten Milliarden verdienen und Regierungen sich ins Fäustchen lachen.
„Gläserne Bürger? Perfekt!

Dann sparen wir uns die Schnüffelei."

Die Moral von der Geschichte?
Wir haben nicht nur unsere Privatsphäre verkauft – wir haben sie mit Begeisterung verschenkt.

Während mein Arbeitskollege begeistert über seine Insta-Clips spricht, frage ich mich: Wann genau haben wir eigentlich aufgehört, Individuen zu sein – und sind stattdessen zum Produkt geworden?

STATISTIKEN

Wenn Statistik zur Panikmache wird

Berlin – die „Mordhauptstadt Europas"? Wenn man bestimmten Stimmen glaubt, dann ist die deutsche Hauptstadt ein Sündenpfuhl der Gewalt, eine Hochburg des Verbrechens, eine Stadt, in der sich das „anständige Bürgertum" nicht mehr vertreten fühlt.

Historiker Götz Aly nennt es eine „Schande für Berlin", die AfD sieht den „gescheiterten Staat". Klingt dramatisch. Aber was steckt eigentlich hinter diesen markigen Worten?

Mord und Totschlag – oder doch eher Statistikakrobatik?

Der Aufhänger der Empörung: eine Statistik zur Kriminalität. Berlin soll, glaubt man einer Analyse, bei der Kriminalitätsrate europaweit vorne mitspielen.

Doch ein Blick auf die Zahlen zeigt: Hier wurde Statistik kreativ ausgelegt. Die Kategorie „Straftaten gegen das Leben", auf die sich die besorgten Stimmen stützen, umfasst nämlich nicht nur Mord und Totschlag.
Mit dabei: fahrlässige Tötung, ärztliche Kunstfehler, Arbeitsunfälle, ja sogar Werbung für Schwangerschaftsabbrüche.

Man könnte es also auch so sagen: Ein Arzt, der einen tödlichen Fehler macht, ein Bauarbeiter, der wegen mangelnden Arbeitsschutzes stirbt – all das fließt in die gleiche Kategorie ein wie ein Auftragskiller.

Wer so rechnet, kann jede Stadt zum Hotspot der Gewalt erklären.

Die unbequeme Wahrheit: Es wird sicherer
Doch die Realität?
Sie ist weit weniger schlagzeilenträchtig.
Die Wissenschaftler der Uni Münster zeigen: Die Zahl vollendeter Tötungsdelikte ist in Deutschland seit 20 Jahren um ein Drittel gesunken.
Die UN bestätigt: Seit 2002 ist die „Homicide Rate" in Europa um 63 Prozent gefallen.

Und Deutschland?
Gehört laut OECD nach wie vor zu den sichersten Ländern der Welt – mit weniger als einem Tötungsdelikt pro 100.000 Einwohner.

Im Vergleich: In den gefährlichsten Städten Mexikos und Südamerikas liegt die Rate bei bis zu 138 pro 100.000.
In der Liste der 50 gefährlichsten Städte weltweit?

Keine einzige europäische Metropole!

Angst verkauft sich besser als Fakten.

Aber warum sollte man nüchterne Zahlen akzeptieren, wenn sich mit Panik doch viel bessere Schlagzeilen machen lassen?

Die Mär vom blutigen Berlin verkauft sich eben besser als die langweilige Wahrheit. Denn was bleibt von der Empörung übrig, wenn man sich die Zahlen genauer ansieht?

Tja, und plötzlich rudert die *Berliner Zeitung* zurück. Der Artikel wurde überarbeitet, die fragwürdigen Zahlen aus der DIW-Untersuchung stehen nun nicht mehr ganz so unangefochten im Raum.

Wer hätte gedacht, dass man sich bei der Panikmache ein bisschen zu weit aus dem Fenster gelehnt hat?

Ein weiteres schönes Beispiel dafür, dass man mit Statistik alles „beweisen" kann – solange man die Zahlen nur kreativ genug zurechtbiegt.

Aber hey, warum sollte man auch kritisch nachhaken, wenn sich mit Angst doch so wunderbar Schlagzeilen machen lassen?

Vielleicht beim nächsten Mal erst denken, dann hyperventilieren.

PULVERFASS ORIENT

Die große Illusion

Der Nahe Osten ist kein Schlachtfeld.
Er ist eine Bühne geworden für Lügen und Desinformation.

Jeder Krieg, jeder Terroranschlag, jede Friedensverhandlung ist ein perfekt inszeniertes Theaterstück, gespielt für eine Welt, die entweder applaudiert oder betroffen den Kopf schüttelt – je nach ideologischer Perspektive.

Die Gründung Israels war der Prolog eines Stücks, das bis heute aufgeführt wird. 1948 begann das Drama mit der „Nakba", der Katastrophe der Palästinenser, während Israel seine Existenz feierte.
Die Welt sah zwei völlig unterschiedliche Versionen desselben Ereignisses – und beide Seiten schufen ihre eigenen Mythen, die über Generationen weitergegeben wurden.

Die Kriege folgten wie Akte in einem düsteren Schauspiel: 1956, 1967, 1973. Jeder Konflikt wurde von Propaganda begleitet, von erlogenen Siegesmeldungen und gefälschten Massakern, die in westlichen Nachrichtenagenturen bereitwillig weiterverbreiteten.

Mal waren es die Araber, die ihre eigenen Verluste übertrieben, um Mitleid zu erregen, mal war es Israel, das sich als ewiges Opfer stilisierte, während es Siedlungen baute und Grenzen verschob.

Was noch fehlte war noch der Iran.

Die Islamische Revolution 1979 war nicht nur ein politischer Umsturz, sondern eine PR-Kampagne der Gewalt.

Der „Große Satan" USA und die „zionistischen Besatzer" wurden zur neuen Bibel der schiitischen Mobilmachung.

Doch während Teheran die Vernichtung Israels schwor, handelte es stillschweigend mit Waffen und Öl, wenn es gerade passte.

Gaza – der tragische Schauplatz des modernen Wahnsinns.

Die Hamas, geboren aus der Korruption der PLO und genährt von der Wut der Unterdrückten, spielt die Rolle des verzweifelten Widerstandskämpfers.

Doch wer glaubt, dass diese Islamisten für das Volk kämpfen, glaubt auch an die Unschuld der israelischen Siedler, die mit Maschinengewehren durch palästinensische Dörfer marschieren.

Beide Seiten sind schuldig. Beide Seiten lügen.

Und die neueste Inszenierung?

Die Geisel-Show.

Hamas, die wochenlang Zivilisten gefangen hielt, lieferte sie an die Kameras aus – weinend, verstört, mit offenen Wunden. Währenddessen standen vermummte Bewaffnete daneben und versicherten der Welt, dass alles „nach humanitären Standards" verlaufen sei.

Als wäre es ein Austausch auf einem diplomatischen Empfang und nicht das brutale Ergebnis eines Terroranschlags.

Israel konterte mit eigenen Bildern: traumatisierte Geiseln, misshandelte Soldaten, verwüstete Kibbuze. Der perfekte Kontrast, um das eigene militärische Vorgehen zu rechtfertigen.

Wer hat hier die moralische Oberhand?

Niemand.

Denn während Panzer durch die Straßen von Gaza rollen und Siedler im Westjordanland weiter Land rauben, während UN-Resolutionen das Papier nicht wert sind, auf dem sie geschrieben wurden, während Milliarden für Raketen ausgegeben werden, die dann mit Milliarden für den Wiederaufbau ersetzt werden – bleibt die eine Wahrheit:

Dieser Krieg endet nie.

Weil keiner ihn beenden will.

Der Nahe Osten ist nicht nur eine Region. Er ist ein Schachbrett, auf dem die Weltmächte ihre Figuren verschieben – und die Bevölkerung ist der Preis, den keiner zahlen will.

Seit über 70 Jahren lodert hier ein Feuer, das nie richtig gelöscht wird. Jeder Krieg ist nur eine Pause für den nächsten.

Doch was, wenn das nächste Kapitel nicht mehr nur den Nahen Osten betrifft?

Denn das hier ist kein regionaler Konflikt mehr. Es ist die Zündschnur für eine globale Katastrophe.

Ich will hier einige Szenarios darstellen.

Szenario 1: Der 3. Weltkrieg beginnt hier

Ein israelischer Präventivschlag auf iranische Atomanlagen. Der Iran antwortet mit Raketen auf Tel Aviv. Die Hisbollah schaltet sich ein. Die USA schlagen zurück, Russland steht hinter Teheran. Plötzlich gibt es keine Stellvertreterkriege mehr – es ist der große Showdown.

China blockiert die Straße von Hormus, Europa versinkt in Flüchtlingswellen und Terroranschlägen, während NATO und Russland mit gezogenen Messern gegenüberstehen.

Szenario 2: Die endgültige Auslöschung von Gaza

Israel hat genug. Keine halben Sachen mehr.

Gaza wird in Schutt und Asche gelegt, die Palästinenser nach Ägypten gedrängt. Eine humanitäre Katastrophe, gegen die selbst die Nakba harmlos wirkt.

Doch Ägypten kollabiert unter dem Druck. Der Sinai wird zum neuen Terrorsumpf. Die Region destabilisiert sich komplett, und was als „Lösung" für das Palästinenserproblem begann, endet in einem Krieg, den selbst Israel nicht mehr kontrollieren kann.

Szenario 3: Das Kalifat im Westjordanland

Die Hamas verliert an Einfluss, doch nicht an Gewaltbereitschaft.

Radikalere Gruppen übernehmen die Kontrolle. Ein IS 2.0 direkt vor Israels Haustür. Scharia-Gerichte in Ramallah, öffentliche Hinrichtungen in Nablus.

Was macht der Westen? Wird natürlich erst aktiv, wenn die ersten Enthauptungsvideos im Netz landen.

Dann rollen wieder westliche Panzer durch arabische Straßen – als hätten wir nichts aus Afghanistan gelernt.

Szenario 4: Der Zerfall Israels

Wer glaubt, Israel sei unbesiegbar, hat die Geschichte nicht verstanden. Imperien fallen nicht durch äußere Feinde, sondern durch innere Widersprüche.

Ultraorthodoxe gegen Säkularisierte, Nationalisten gegen Linke, Siedler gegen die Armee. Währenddessen marschieren die Palästinenser auf, angefeuert von einem erstarkten Iran.

Ein Bürgerkrieg, der in den eigenen Reihen beginnt. Und dann? Vielleicht wird Israel nicht von den Arabern zerstört – sondern von sich selbst.

Szenario 5: Das nukleare Damoklesschwert

Was, wenn Iran es tatsächlich schafft?
Eine Atombombe, gebaut im Geheimen, getestet in der Wüste, bereit für den „Tag der Vergeltung"?
Ein einziger Sprengkopf, der auf Israel fällt – und mit ihm vielleicht die ganze Welt in den Abgrund reißt.
Der dritte Weltkrieg? Vielleicht.
Aber sicher ist: es wäre das Ende, wie wir es kennen.
Denn in dieser Region wird Hass nicht erst in der Schule gelehrt – er wird mit der Muttermilch eingesogen. Von klein auf hören Kinder, dass Märtyrertum keine Niederlage, sondern der direkte Weg ins Paradies ist.

Wenn das die einzige Perspektive für eine verlorene Generation ist – was erwartet man dann noch?

Szenario 6: Der ewige Krieg, der alle verschlingt

Der Nahe Osten ist nicht nur ein Krisengebiet. Er ist die Werkbank des Chaos, das Epizentrum geopolitischer Arroganz. Hier werden Kriege geschmiedet, hier gehen Imperien zugrunde.

Dennoch stand da eines Tages ein amerikanischer Immobilienhai mit orangefarbenem Teint und verkündete mit breitem Grinsen die **„Riviera des Orients"**.

Ja, Donald Trump, der Mann, der dachte, er könne mit einem Immobilien-Deal den Nahostkonflikt lösen.
Sein „Jahrhundert-Deal" war nichts weiter als ein Marketing-Gag, eine überteuerte PowerPoint-Präsentation mit Wolkenkratzern am Gazastreifen.

Strände statt Bomben!

Hotels statt Hamas!

Natürlich musste das Ding noch einen griffigen Namen haben – **„Peace to Prosperity"**, weil „Bomben zu Butter" wohl nicht reißerisch genug war.

Hätte es funktioniert?
Natürlich nicht.

Der Plan war so realistisch wie ein Golfplatz auf dem Mond. Gaza sollte quasi Disneyland mit Minaretten werden, finanziert von den Saudis, abgesegnet von Netanjahu, gebaut von chinesischen Wanderarbeitern.
Das Problem?
Niemand hatte den Palästinensern Bescheid gesagt.

Während Trump also von der „goldenen Zukunft" fantasierte, wurde in der Realität weiter geschossen, gebombt und gestorben.
Aber hey, auf den Grafiken in Trumps Planungsmappe sah alles schick aus. Ein bisschen wie Dubai – nur mit Checkpoints, Stacheldraht und gelegentlichen Luftangriffen.

Und jetzt?
Jetzt sind wir weiter von Frieden entfernt als je zuvor. Gaza steht in Flammen, der Westjordanland-Diebstahl geht munter weiter, Iran wartet nur auf seinen Moment.

Die **„Riviera des Orients"** wurde zur **„Ruine des Orients"**, ein Mahnmal der grenzenlosen Naivität.

Die Welt steht am Abgrund, und das Pulverfass Orient brennt lichterloh.

Doch was, wenn diesmal kein Feuerwehrmann kommt – sondern nur noch Brandstifter?

Der 3. Weltkrieg wird nicht in Washington oder Moskau entschieden.

Er beginnt hier. In den Ruinen von Gaza.

Auf den Siedlungen im Westjordanland.

An den Ufern des Persischen Golfs.

Und wenn es so weit ist, wird keiner mehr über Hotels und Strände sprechen. Sondern nur noch darüber, wie es so weit kommen konnte.

Die USA, Russland, China und der Iran halten sich in Schach, doch der Nahe Osten bleibt ihr Spielplatz. Syrien bleibt ein Massengrab, der Libanon ein gescheiterter Staat, der Irak eine Wüste voller Milizen.

Millionen Menschen sind nur Bauern auf dem geopolitischen Schachbrett. Sie fliehen oder sterben. Die einen ersaufen im Mittelmeer, die anderen verrecken in Bombenkratern.

Und die Welt? Schaut zu.

Denn das ist die Wahrheit: Keiner will Frieden.

Frieden bedeutet, dass das Geschäft mit dem Krieg vorbei ist. Kein Öl, keine Waffenverkäufe, keine geopolitischen Spielchen mehr.

Die Frage ist nicht, ob der nächste Krieg kommt.

Die Frage ist nur: **Wie groß wird er?**

Der Nahe Osten war immer das Pulverfass.
Die Lunte brennt längst.
Wenn sie explodiert – dann wird es die ganze Welt
spüren.

Pulverfass Orient – die letzte Warnung!
Wann wacht die Menschheit endlich auf?

ENDE

ÜBER DEN AUTOR

Yusuf M. Çavak ist nicht nur ein leidenschaftlicher Schriftsteller aus dem Kaiserstuhl, sondern auch seit Jahren als Musiker und Komponist tätig.

Siehe: **www.cavak.com**

Er bezeichnet sich selbst als Freigeist und weltoffenen Bürger. Schon in seiner Kindheit und Jugend in Frankfurt entwickelte Yusuf eine tiefe Faszination für das geschriebene Wort – sei es in Form von Geschichten oder Songtexten.

Nach einer Stimmband-OP rückte das Schreiben immer stärker in den Mittelpunkt seines Schaffens.

Nun, im Rentenalter, hat er endlich die Zeit und Muße gefunden, seine Buchideen zu verwirklichen.

In **Hot Bubbles**, dem neuesten Werk von **Yusuf M. Çavak**, entfaltet sich eine spannende Geschichte, die den Leser in eine Welt voller Intrigen, brisanter Enthüllungen und unerwarteter Wendungen entführt.

Mit einem scharfen Blick auf gesellschaftliche und politische Dynamiken webt Çavak eine Erzählung, die Realität und Fiktion kunstvoll miteinander verknüpft.

Das Buch nimmt uns mit auf eine packende Reise, in der nichts so ist, wie es scheint. Zwischen Machtspielen, verborgenen Wahrheiten und der Frage nach moralischer Integrität entfaltet sich eine Geschichte, die aktuelle Themen aufgreift und zugleich zeitlos relevant bleibt.

Mit **Hot Bubbles*** beweist Yusuf M. Çavak einmal mehr sein Talent, tiefgründige Erzählungen mit einer kritischen Perspektive zu verbinden – ein Buch, das nachhallt und zum Nachdenken anregt.

Die Idee, Seifenblasen als Symbol für Lügen zu verwenden, inspirierte Yusuf M. Çavak durch einen Kinderfilm. In diesem Film durfte ein Mädchen nicht lügen, doch mit einer besonderen Brille konnte es erkennen, wenn Erwachsene die Unwahrheit sagten – dann stiegen Seifenblasen auf. Manchmal füllten sie sogar ganze Räume, bis eine Telefonzelle vor lauter Lügen fast platzte.

Diese Erzählung machte Yusuf M. Çavak bewusst, wie viele Lügen uns täglich begegnen – nicht nur in der Politik.

Der Titel des Buches entstand spontan, als seine Tochter begeistert ausrief: „**Hot Bubbles**"*.

Weitere Bücher des Autors:

NEXUS PLUTO
Das Tor in die Unendlichkeit
Science-Fiction & Fantasy
Paperback, 302 Seiten
ISBN- 9783769322118

Das kleine Buch über das Glück
Ein Leitfaden für alltägliche Freude
Paperback, 50 Seiten
ISBN- 9783769317558

Wilde Geschichten
Siebzehn fast unmögliche Storys über Gott und die Welt
Paperback, 146 Seiten
ISBN-13: 9783769315370

Social Media:
https://www.facebook.com/yusuf.cavak.5/

https://www.instagram.com/yusuf.cavak/#

https://www.tiktok.com/@yusufcavak50

https://www.youtube.com/@MrYMC

Ein berühmtes Zitat, von **Henry Ford**:
"Krieg ist die größte Verschwendung.
Wenn die Nationen friedlich zusammenarbeiten würden,
könnten sie denselben Wohlstand erreichen,
ohne Zerstörung."

Hot Bubble!
"War is good for business."
Entstanden aus dem militärisch-industriellen Komplex,
aber ohne direkte Quelle.

Hinweis zur Recherche:

Bei der Erstellung dieses Buches wurden verschiedene Recherchequellen genutzt, darunter KI-gestützte Tools wie ChatGPT von OpenAI, Wikipedia sowie öffentlich-rechtliche Medien und andere frei zugängliche Informationsquellen.

Alle inhaltlichen Bewertungen, Analysen und Schlussfolgerungen beruhen jedoch auf den eigenen Recherchen des Autors.

Die Verantwortung für die Richtigkeit, Interpretation und Darstellung der Informationen liegt ausschließlich beim Autor.